JUMP j BOOKS

約束《やくそく》のネバーランド

THE PROMISED NEVERLAND

～ノーマンからの手紙《てがみ》～

原《げん》作《さく》 白《しら》井《い》カイウ　作《さく》画《が》 出《で》水《みず》ぽすか　小《しょう》説《せつ》 七《なな》緒《お》

登場人物紹介《とうじょうじんぶつしょうかい》

GF《グレイス=フィールド》ハウスの子供達《こどもたち》

生《い》き延《の》びるためGF《グレイス=フィールド》ハウスからの脱獄《だつごく》を計画《けいかく》する。

エマ

抜群《ばつぐん》の運動神経《うんどうしんけい》と学習能力《がくしゅうのうりょく》を兼《か》ね備《そな》えたムードメーカー

レイ

GF《グレイス=フィールド》ハウスの子供達《こどもたち》の中《なか》で唯一《ゆいいつ》ノーマンと渡《わた》り合《あ》える知恵者《ちえしゃ》

ノーマン

優《すぐ》れた分析力《ぶんせきりょく》と判断《はんだん》力《りょく》をもつGF《グレイス=フィールド》ハウスで一番《いちばん》の天才《てんさい》

フィル

エマが大好《だいす》きで、いつも元気《げんき》な男《おとこ》の子《こ》

ギルダ

高《たか》い洞察力《どうさつりょく》で物事《ものごと》に対処《たいしょ》する才女《さいじょ》

ドン

明《あか》るく負《ま》けず嫌《ぎら》いなお調子者《ちょうしもの》

ラニオン

仲良《なかよ》しなトーマといつも一緒《いっしょ》

トーマ

仲良《なかよ》しなラニオンといつも一緒《いっしょ》

ナット

少《すこ》し臆病《おくびょう》でちょっぴりナルシスト

アンナ

物静《ものしず》かだが心《こころ》が強《つよ》く皆《みんな》に優《やさ》しい

GF《グレイス=フィールド》ハウスの大人達《おとなたち》

鬼《おに》へ献上《けんじょう》する子供《こども》を育成《いくせい》する為《ため》に生《い》かされている。

クローネ

イザベラの補佐《ほさ》で鬼達《おにたち》の配下《はいか》

グランマ

GF《グレイス=フィールド》ハウスの大人《おとな》達《たち》の統括者《とうかつしゃ》

イザベラ

エマ達《たち》を育《そだ》てた優《ゆう》秀《しゅう》な飼育監《しいくかん》

???

W《ウィリアム》・ミネルヴァ

食用児《しょくようじ》に味方《みかた》する様《よう》な複数《ふくすう》のアイテムを残《のこ》す

GF《グレイス=フィールド》ハウスの鬼達《おにたち》

発達《はったつ》した人間《にんげん》の脳《のう》を食《しょく》す為《ため》に人《ひと》の子《こ》を育《そだ》てる

あらすじ

孤児院《こじいん》・GF《グレイス=フィールド》ハウスに住《す》む38人《にん》の子供達《こどもたち》。彼《かれ》らは本当《ほんとう》の「ママ」のように慕《した》うイザベラと一緒《いっしょ》に幸《しあわ》せに暮《く》らしていた。ある日《ひ》、施設《しせつ》を巣立《すだ》つコニーの忘《わす》れ物《もの》を届《とど》けにエマはノーマンと共《とも》に外《そと》へと通《つう》じる門《もん》へ向《む》かう。そこで2人《り》は力《ちから》なく横《よこ》たわるコニーの遺体《いたい》と人型《ひとがた》の怪物《かいぶつ》を目撃《もくげき》し、更《さら》に「ママ」が自分達《じぶんたち》を怪物《かいぶつ》の食料《しょくりょう》として育《そだ》てていた事《こと》を知《し》る。もう家族《かぞく》を失《うしな》いたくないと願《ねが》うエマ達《たち》は生《い》き延《の》びる為《ため》に情報《じょうほう》の収集《しゅうしゅう》を開始《かいし》し、毎日《まいにち》繰《く》り返《かえ》される知能《ちのう》テストの目的《もくてき》が怪物《かいぶつ》が好《この》む発達《はったつ》した脳《のう》を育《そだ》てる事《こと》だと結論《けつろん》付《づ》けた。そして彼《かれ》らは新《あら》たに同《おな》い年《どし》のレイを仲間《なかま》に加《くわ》え、本格的《ほんかくてき》に施設《しせつ》からの脱獄《だつごく》を計画《けいかく》する。

約束《やくそく》のネバーランド

THE PROMISED NEVERLAND

～ノーマンからの手紙《てがみ》～

——プロローグ

親愛なるエマへ。

この先の計画をここに記す。


森の中、ノーマンは真っ白な画用紙にそう書き出した。

かたわらでは、スケッチブックを膝《ひざ》に置いたイベットが、小さな足を揺らしながら絵を描《か》いている。

11月3日、午後。森の中を乾いた秋風が吹き抜け、カーディガンを羽織《はお》っていても少し肌寒《はだざむ》いほどだ。いつの間にか、季節はこんなにも進んでしまっていた。

ノーマンは枝の間から空を仰《あお》いだ。ゆっくりと雲が流れていく。

『塀《へい》』の向こうに絶望を見てきたはずなのに、不思議と心は落ち着いている。

今日の夜、自分は〝出荷〟される。

それはもう、初めから心に決めていたことだった。

「ねぇノーマン？　何描いてるの？」

隣に座っていたイベットが、ノーマンを見上げた。ノーマンはその無邪気な笑顔に笑い返した。

「手紙だよ」

イベットは頷《うなず》き、「私はあの木を描いてるの！」と楽しげに鉛筆を走らせる。

幼い妹や弟達は、まだこのハウスの正体を知らない。

ノーマンは森の向こう、ハウスの屋根を振り返った。

自分達が暮らす、このＧＦ《グレイス＝フィールド》ハウスはずっと、平和な孤児院だと思っていた。血は繋《つな》がっていないが仲の良い兄弟姉妹達と、優しいママとともに幸せに暮らしていた。

だが、違った。

ノーマンは鉛筆を持つ手を止める。

あの晩、自分達はそれを知った。

10月12日、その夜、里親の決まった妹のコニーがハウスを旅立った。

ここにいる子供達はみな、12歳になるまでに里親を手配されハウスを出ていく。11歳になっている最年長は、自分と、エマ、そしてレイの三人だった。

「コニーもいよいよ今日で最後かぁ……」

最後の日の自由時間、妹の門出《かどで》を祝福しながらも、エマは寂《さび》しそうに胸に手をやった。彼女の明るいオレンジのくせ毛が、ふわりと風に揺れる。レイはその日も、我関《われかん》せずで一人読書をしていた。

「また僕ら先《せん》を越されちゃったね」

そう答えつつ、ノーマンは心のどこかでほっとしていた。エマとレイとは、物心ついてからずっと一緒にいる家族であり兄弟であり、親友だった。

運動神経が良く、家族思いで、いつも明るいエマと、物知りで現実主義、ちょっとひねくれ者のレイ。全《まった》く性格の違う三人だったが、エマとレイとは、何をするにもまるでぴたりと息が合っていた。お互いにない部分を補い合える、そんな存在だった。

だがエマもレイも、そしてノーマン自身も、近い将来この施設《ハウス》を出る時が来る。

新しい家族が見つかることは、喜ばしいことだ。そう思いながらも、離れ離れになる日を思うと、やはり寂しさの方が募《つの》った。ずっと、一緒にいられたら……。ハウスを旅立っていく誰に対しても、その気持ちがないことはない。

夜、玄関でコニーを見送った時も、ノーマンはそう思っていた。

エマの声が聞こえてきたのは、その後の掃除時間のことだった。用具入れからホウキを取り出そうとしたノーマンは、その大きな声にびっくりして振り返る。

「コニー⁉　えぇぇっこんなウッカリありえる⁉」

ホウキを持って食堂に入ったエマは、そのテーブルに、コニーが肌身離さず大事にしていたウサギのぬいぐるみ、リトルバーニーが忘れられているのを発見したのだ。

リトルバーニーは、コニーの6歳の誕生日に、この施設のママであるイザベラが、手作りしたものだ。ママのことが大好きだったコニーは、旅立つ前そのぬいぐるみを抱きしめ
『この子がいれば大丈夫。大人《おとな》になったら、ママみたいな〝お母さん〟になりたいんだ』

とそう話していたばかりだ。

「ど……どうしよう……」

途方に暮れるエマに、食堂にやってきたレイが言った。

「さっき風呂場の窓から、遠く門に灯《あか》りがついているのが見えた。見送りについて行ったママも戻ってきていないし、まだコニーは出発していないんだと思う」

それを聞いて、届けられると思った。ここから『門』まで、走っていけば時間はかからない。困り顔のエマへ、ノーマンは声をかけた。

「届けてやろう」

本来、夜にハウスの外へ出てはいけない。イザベラは今夜ももちろん戸締《とじ》まりをしていた。だが勝手口の扉の鍵は難しい仕組みではなく、自分なら針金だけで開けられた。

『門』までの道も、自分達三人は小さい頃に探検と称して向かったことがある。いつもは近づいてはいけない場所だが、『門』自体は遠くからでもわかる、大きな建物だ。ハウスの外にさえ出られれば、夜闇《よやみ》の中でも迷わず着けるだろう。

「〝コニーの気持ちを考えたら、早い方がいい〟——だろ？」

その内心を代弁すると、エマは大きく頷き返した。

そうしてエマと二人、こっそりと『門』へやってきた。そこで自分達は、この世界の〝真実〟を知った。

残酷な〝現実〟を。

「コニー？」

鉄柵《てっさく》の扉が開いた中には、トラックが一台停《と》まっているだけで誰の姿もなかった。エマの声が、頼りなげに反響する。リトルバーニーを抱いたエマは、荷台に載《の》せておけばと、幌《ほろ》のかかったその中を覗《のぞ》き込《こ》んだ。

その手から、地面にどさりとリトルバーニーが落ちる。

見たこともないほど青ざめて、自分の名を呼んだエマの元へ、ノーマンは駆け寄った。

そしてそれを見た。

荷台に、コニーはいた。仰向けに倒れ、空《うつ》ろな目がこちらを向いていた。その胸には見たこともない植物が突き刺さり、体は濡《ぬ》れそぼって水のような何かに半分浸《つ》かっていた。

ほんの少し前だ。一時間も経っていない。新しい服に着替えて、帽子をかぶって、ママに手を引かれて幸せそうに出ていったコニーが、今変わり果てた姿で目の前にいた。

「誰かいるのか」

低く響いた声に、エマとともにとっさにトラックの下へ隠れた。コニーは明らかに、何者かに殺されていた。聞いたことのない男の声は、ノーマンの中で自然と犯人――殺人鬼に繋がった。

身を伏せたまま、そっと上を見る。その狭い視界に映ったのは、人間ではなかった。

巨大な爪と、黒々とした歪《いびつ》な体軀《たいく》。二つの目玉が、仮面のような顔に縦に並んでいた。

「旨《うま》そうだなァ」

ノーマンは、自分が見ているものが信じられなかった。

殺人鬼、は半分しか正しくなかった。なお一層、おぞましいものだった。

(食人鬼《おに》……)

そこには二体の、異形《いぎょう》の怪物が立っていた。息絶えたコニーの体を持ち上げ、大きな瓶《びん》に詰める。何が起こっているのかわからないまま、その鬼達の会話に、ノーマンは戦慄《せんりつ》した。

人肉。農園。——大事な商品。

自分達はずっと、〝鬼〟に食べられるために生かされてきたのだ。

トラックの下に隠れたまま、ノーマンは身を寄せ合ったエマの震えを感じていた。手を伸ばそうとした自分の指先も、震えていた。

悪夢はそれで終わらなかった。

次の〝出荷〟についての鬼の指示に、冷静な、けれど自分達が決して聞き間違えるわけがない声が響く。

『畏《かしこ》まりました』

そこに立っていたのは、ママである、イザベラだった。

風がひときわ強く吹き抜け、頭上の枝を揺らした。イベットが描いていたスケッチブックのページがばらばらとめくれ、そばに置いていた色鉛筆が飛んでいく。少女がそれすら楽しそうに、甲高《かんだか》い悲鳴を上げる。

「大丈夫?」

ノーマンは足元に転がってきた色鉛筆を拾い上げた。

「ありがとう、ノーマン。ね、これ見て。ママ褒《ほ》めてくれるかな?」

完成した絵を見せたイベットに、ノーマンは「そうだね」と、目を細めて頷く。

誰もが慕《した》う、優しいママ。

けれどそのママこそ、鬼の手先——自分達の敵だった。

あの夜から、エマとレイ、そして一つ年下のドンとギルダを仲間に、GFハウスから〝脱獄〟することを計画した。そのために、今までずっと知らないでいた〝真実〟を探っていった。

平和な孤児院と信じていたGFハウスは、鬼のための飼育場だった。鬼達が食べるのは人間の子供の脳だ。ハウスでは毎日頭脳テストが行われているが、それはこのためのものだったのだ。

成績《スコア》と年齢によって等級《ランク》づけされ、〝出荷〟が決まれば、里親の元へ行くのだと言って、摘《つ》み取《と》られる。どんなに待っても、ハウスを出た兄弟から便りなど届くはずがない。それをイザベラはいつも、微笑《ほほえ》んで慰めていた。

あの笑顔の裏で、イザベラは一体何人の子供達を死へ導いてきたのだろうか。

ノーマンは顔を歪《ゆが》める。

自分達子供には、ここへ送られてくる1歳より前に、耳に発信器が埋め込まれていることもわかった。イザベラが持つ懐中時計はそれを監視するためのモニターだ。どこまで行っても、発信器が機能している限り自分達に逃げ場はない。

完璧《かんぺき》な、隙《すき》のない支配だ。

だがその発信器を無効化する装置を、レイは完成させた。

その〝脱獄〟の準備のため、レイが払った犠牲は計り知れない。

自分達と同い年のレイは、6歳の時から〝内通者〟としてイザベラに加担していた。ハウスの真実に気づいたレイは、いつか巡ってくる〝脱獄〟の機会まで、ママの番犬として〝羊の群れ《こどもたち》〟を内側から見張り、同時に鬼側の情報を集め脱出の準備を進めていたのだ。

だがイザベラはレイとの関係を切った。二重スパイがバレたためではない。子供達を制御するために、レイを利用する必要がなくなったからだ。

（ママとレイとの取り引きは、最上物《ぼくら》を無事出荷させるためのものだったから……）

ノーマンは自分を〝出荷〟した後、イザベラがどう行動するか考えていた。

イザベラは勝利を確信しているはずだ。最上物の三人を、完璧に出荷できると信じている。そうなれば、もう自分の敵はいない、と。

ノーマンは口の端を、ほんの少し持ち上げる。

（だからこそ、だ……）

このハウスから、弟妹《きょうだい》達を見捨てず、全員で〝脱獄〟する。

（やれる……きっと、エマなら……）

当初の計画から考えれば、状況は今や絶望的だ。イザベラに見破られ、エマは足を折られ、〝内通者〟として立ち回っていたレイは切り捨てられた。

だがまだ勝算はある。今こうして手紙に書き記している〝計画〟が、そうだ。

希望はあるのだ。

たとえ今日の夜に、自分は〝出荷〟されるとしても。

あの時のコニーの姿が、何度も脳裏に浮かび上がる。エマとレイからは今日、この自由時間の間に自分は姿を消すように言われていた。そうして生き延び、脱獄決行の時に合流する。そういう計画だった。

（甘いよなぁ）

エマはともかく、レイならこの計画でどれほど、今後の脱獄の成功率が下がるか予測できそうなものなのに、とノーマンは小さく苦笑をする。

そうまでしても、自分とエマを助けたかったのだろう。

たとえレイ自身を、犠牲にしてでも。

その気持ちはよくわかる。最小の犠牲で脱獄を成功させる。今自分がやろうとしていることも、同じことだ。

『決行は、2か月後。恐らくレイの誕生日、その前夜』
ノーマンは、画用紙に自分の計画を綴《つづ》り始めた。
自分が、いなくなった、その後の。

GF《グレイス＝フィールド》ハウス幽《ゆう》霊《れい》騒《そう》動《どう》

計画についての文章を途中まで書いたところで、イベットが唐突に尋ねてきた。

「ねぇ、誰か最後に、ノーマンに勝てるかな？」

紙面から顔を上げたノーマンは、少し考え、自分が自由時間の始めに鬼ごっこに加わっていたことを思い出した。

最後、とイベットが言っているのは、昨日《きのう》の夜にノーマンの里親が決まったことをイザベラが全員に伝えたからだ。

「ふふ、どうだろう？」

ノーマンは意味深《いみしん》な笑《え》みを浮かべる。イベットが身を乗り出した。

「エマなら勝てるかな？　レイは？」

「エマにもレイにも、捕まらないよ。最後まで、ね」

「そっかぁ、やっぱりノーマンすごいね！」

言葉通りに受け取ったイベットは、そう言って手を叩《たた》く。

「鬼ごっこかぁ……たくさん、やったな」

目の前に広がる森は、ずっと小さい頃から勝手知ったる遊び場だった。ここで何度も鬼ごっこや隠れんぼをした。

（ああ、懐《なつ》かしい……）

ノーマンはいくつも蘇《よみがえ》る思い出に、笑みを浮かべた。

エマとレイと一緒に、毎日、色んなことをした。春にはピクニック、冬には雪合戦。特別な日も、そうでない日も、数えきれないほど思い出がある。

二人とも、物心ついた時から今までずっと、当たり前にそばにいる存在だ。だから出会った時のことなどは記憶にない。

レイなら、もっと幼い時の出来事まで全て、覚えているのだろうけれど。

（もっと、聞いておけたら良かった……）

自分が思い出せるのは、３、４歳くらいの頃からだ。その中でも、よく覚えている出来事がある。記憶の中で最も古い、二人との最初の思い出と呼べるようなものだ。

その時のことが脳裏に蘇り、ノーマンは苦笑した。

スケッチブックをめくりながら、イベットが不思議そうに隣に座る兄を見上げる。

「ねぇイベット、幽霊っていると思う？」

「え？」

首を傾《かし》げるイベットに、ノーマンはくすりと笑った。

あれは誰が言い出したのだったか、当時年長だったオリビアだったか、自分より二つ上のマーカスだったか。

ハウスに、幽霊が出る、と。

＊　＊　＊

「私、見ちゃったの、この前の夜にね……」

消灯時間前のハウスの一室では、子供達が一人のベッドに集まっていた。

声をひそめた姉のオリビアを囲み、同室の兄弟達は思い思いに座ったり寝そべったりしている。誰もがその話にじっと耳を傾けていた。

その中に、まだ4歳のエマもいた。

(何だろう？　オリビア、何見たのかな？)

兄姉《きょうだい》に混ざって、エマはドキドキとその続きを待った。枕を胸に抱き、オリビアは話を続ける。普段高い位置でポニーテールにしている髪を今はおろしており、顔にかかった前髪がどこか怪しげな印象を作っていた。

「トイレに行って戻ってこようとしたら、廊下を白い影が、すぅーっと通り過ぎていったの。怖くなって、すぐ部屋に逃げてきちゃったんだけど、あれは絶対幽霊だったと思う」

おりしも外は雨降りで、ざぁーと暗い音が絶えず響いていた。オリビアの話に、前に座っていた少年がごくりと固唾《かたず》を飲んだ。

その隣から、身を乗り出したのはマーカスだ。６歳になったばかりで、生意気盛りな顔つきだ。

「俺も俺も」

マーカスは周《まわ》りを見渡してから、話し出した。

「夜ふっと物音がして目が覚めたらさ、ピアノの音が聞こえてくるんだよ。真夜中だぜ？　それで俺、音楽室まで行ったんだよ」

「すげぇ！　マーカス勇気ある！」

弟からの賞賛の言葉に、マーカスは得意げに笑う。それから抑揚《よくよう》をつけて話し続けた。

「けど、ドアを開けたら中には誰もいなかったんだ。ピアノのそばに明かりだけ、ぽつんとついてたんだよ……！」

「うぅっ怖い～」

エマの隣にちょこんと座っていたギルダが泣き出した。「あーごめんごめん！　もう、マーカスが怖い声出すから！」「話し出したのオリビアだろ」幽霊話を披露していた二人が小突《こづ》き合う。

一つ年下の妹の手を、エマはぎゅっと繋《つな》いだ。

「大丈夫だよ、ギルダ」

「エマ……」

鼻をすすり、ギルダは小さく頷《うなず》き返す。

「ほら、もう消灯時間だ。寝よ！」

オリビアに言われ、みんな自分のベッドへ潜《もぐ》り込《こ》む。明かりが消えた部屋の中では、まだ小さな声がところどころから聞こえてきていた。

「もーう、そんな話するから眠れなくなっちゃったよぉ」

「俺、幽霊なんか出てきても全然怖くねーもん！」

薄く輪郭《りんかく》だけがわかる闇《やみ》の中、隣のベッドからギルダがもぞもぞと出てくる。

「エマ……一緒に寝てもいい？」

大きな枕を抱《かか》えて、ギルダは心細そうにエマを見つめる。3歳のギルダは、去年まではママの部屋で一緒に寝ていた。最近ようやく大部屋で寝ることに慣れてきたが、今日はさすがに一人では寝つけないようだ。

「うん！　いいよ」

年上の姉達ではなく自分を頼ってくれるギルダの存在が、エマにとっては〝お姉さん〟になれたようで、嬉《うれ》しかった。

ギルダと枕を並べたエマは、部屋の天井を見上げて、さっきまで聞いていた話を思い返した。

（……幽霊……）

ハウスに現れる、不思議な白い影。謎《なぞ》めいたピアノの音。ギルダは怖いと言うけれど、エマの中ではむずむずするほど好奇心が膨《ふく》らんでいった。毛布の中で、思わず足をばたばたと動かす。

（幽霊……会ってみたいな！）

翌朝、起床を知らせる鐘《かね》の音《ね》にエマは元気よく飛び起きる。まだ寝《ね》呆《ぼ》け眼《まなこ》の兄弟達を尻《しり》目《め》に、誰よりも早く部屋を飛び出していく。

「ノーマン！　レイ！」

それぞれの部屋から出てきた二人に、エマは飛びつかんばかりの勢いで駆け寄った。

「ねぇオリビアから聞いたんだけどさ、ハウスに幽霊が出るんだって！」

おはようより早くエマの口から飛び出した言葉に、ノーマンは目をぱちくりさせる。

「えっ幽霊？」

その隣に立っていたレイは、子供らしくない呆《あき》れ顔《がお》になる。

「は……？」

二人の反応を気にしたふうもなく、エマは瞳を輝かせ尋ねた。

「幽霊って、どうしたら会えるかな？」

「エマは、幽霊に会いたいの？」

またしても思いがけない発言に、ノーマンは確認するように聞く。

「うん！」

明るいくせ毛を揺らして、エマは大きく頷き、階段を跳《は》ねるように下りていく。

「だって見たことないし！　どんなのなのかなーって思うもん！　それにね、ギルダが幽霊怖いって言って泣いちゃって、だから幽霊にもう怖くしないでくださいってお願いしようと思って！」

「うーん、幽霊に、出てこないように言うってこと？」

「幽霊なんているわけないじゃん」

隣から、レイがぼそっと呟《つぶや》いた。エマは目を丸くする。

「えぇー？　だってオリビアも見たって言ってたし、あとマーカスもいるって言ってたよ！」

「……そんなん嘘《うそ》かもよ」

「なんでレイそんな意地悪言うの！　みんな、嘘ついたりしないもん！」

憤慨《ふんがい》するエマと鬱陶《うっとう》しげなレイの間に、ノーマンが割って入る。

「じゃあ三人で幽霊探しに行こうよ」

ノーマンの提案に、エマは満面の笑みになる。

「うん！」

食堂に入ると、すでに朝食の準備が進んでいた。温かなスープの香りが漂《ただよ》っている。エマ達もテーブルを拭《ふ》き、スプーンやフォークを並べるのに加わった。

「ね、レイ。いいでしょ？　そしたら本当にいるかどうかわかるし」

ノーマンにそう言われても、レイは首を縦には振らなかった。

「……絶対いねーもん。探すだけ無駄だよ」

そんなレイを、横からエマがつつく。にぃっと、いたずらっ子の顔で笑う。

「そんなこと言ってさぁー、レイは本当は幽霊怖いから探しに行きたくないんでしょ！」

「はぁ!?　そんなんじゃねーし！」

「じゃあ一緒に探そうよ！」

「だからいないって言ってんだろ」

「いるもん！」

言い争いは、ノーマンが仲裁する前に、レイの宣言で締《し》めくくられた。

「わかった、じゃあ探して、幽霊なんて本当はいないって証明してやるよ！」

「いいよ！　で、ショーメイって何⁉」

鼻の穴を膨らませたまま、エマが聞く。レイは思わず前のめりになった。二人の応酬《おうしゅう》を見守っていたノーマンは、いつの間にか問題が解決していることに気づいた。

「えーっと、じゃあ、レイも幽霊探しに一緒に行ってくれるってこと？」

「……行くけど、幽霊なんて絶対いないから」

「行ってくれるの？　やったー！　ありがとうレイ！」

単純なエマは、結果としてレイも加わってくれたことに飛び跳ねてバンザイする。その拍子に、持っていたフキンが飛んでいった。「こらエマ！」「ごめんなさーい！」

騒がしく朝食の支度《したく》が整い、それぞれ席に着く。

「みんな揃《そろ》ってるわね？」

カランカランと鐘を鳴らし、イザベラがテーブルを見渡す。エマ達は一度口を噤《つぐ》み、姿勢を正した。

「いただきます」

全員が手を組んでお祈りをし、朝食を食べ始める。

「ねぇ、まず何したらいいかな？」

テーブルの向かいに座るノーマンに、エマはパンを頬張《ほおば》りながら聞いた。

「うーん、幽霊見た人の話を聞いてみるとか？」

浮足立っているエマに対し、ノーマンは冷静だ。彼の頭脳はとても４歳とは思えないほど明晰《めいせき》だった。

「オリビアとマーカス以外にも、見たっていう人がいるかもしれないし」

「だな。調べたら、ただの見間違いだったって、わかるだろ」

一貫して現実主義者なレイに、エマは一瞬むくれたが、続くノーマンの言葉にひらめいた顔になる。

「そうだなぁ……後は幽霊のこと、もっとよく知りたいかな」

「そうだ！　ねぇ、レイ。図書室で調べたらわかるかな？」

エマは本好きの友達に、協力してもらう手段を思いついた。

昼食後、自由時間に三人は図書室へ向かった。

今日は雨で、どっちにしろ外で遊ぶことはできない。ほとんどの子が、遊戯室《ゆうぎ》で過ごしているはずだった。

肩で押して大きな扉を開けると、そこには見上げるほど高く、天井までびっしりと本が並んでいる。一歩足を踏み入れれば、古い紙とインクの匂《にお》いに包まれた。

「幽霊のこと、何かわかるかな？」

エマは絵本の棚へ駆け寄る。さっそく幽霊とタイトルにつく本を引っ張り出していく。

「うーん、どうだろう？」

ノーマンは百科事典の棚の前で、つま先立ちして背表紙を見ていた。

「レイ、何か読んだことある？」

慣れたように梯子《はしご》を上《のぼ》って数冊取り出したレイは、つまらなそうに鼻を鳴らした。

「あるけど、どれも空想物語《ファンタジー》だよ」

重たい本をテーブルに置き、椅子《いす》によじ上ってページを繰《く》る。

「そうじゃない事典とかには、ほらな。空想上って書いてあるだろ？　空想上っていうのは、人が考えたもので、この世界にはいないものって意味なんだよ」

レイの手元を覗《のぞ》き込《こ》んだエマは、その難しい文章を睨《にら》んでから、けろりと言い放った。

「でもさ、クーソージョージじゃない、幽霊もいるかもよ？」

「………」

ああ言えばこう言う……と、レイが半眼になったところで、ノーマンが声をかけた。

「ほら、こっちにもこんな本あったよ」

ノーマンが持ってきたものは、レイの取り出した本よりは軽い読み物だが、幽霊屋敷や妖精の伝承など、実際に起きた不思議な出来事を交《まじ》えて詳《くわ》しく書かれていた。

ページをめくっていたエマは、ある記載に目を留《と》める。記載、というより挿絵《さしえ》の方にだが。

「ねぇ、これ見て！　枕の下に幽霊への手紙を入れておくと、夜の間に幽霊に届きますって書いてある」

「嘘くせぇ……」

レイはいかにも子供騙《だま》しな内容に顔をしかめる。エマは本から顔を上げた。

「よし！　じゃあ今から幽霊に手紙書こう！」

思いついたら即行動のエマは、本を持って図書室を飛び出していった。「みんなに話聞くんじゃなかったのかよ……」「まあまあ、レイ」そのあとを、ノーマンとレイが追いかける。

図書室の本を掲げ持って、エマは階段を下り遊戯室へやってくる。

広い部屋にはすでにオモチャが散らばり、子供達が遊び回っていた。積み木でお城を作っている子もあれば、パズルをしている子、チェスで遊ぶ子、塗り絵をする子、みな自由に室内での遊びを楽しんでいる。

「あ、エマだ」

「珍しい、本なんか持って。どうしたの？」

トランプをしていた兄姉達が、物珍しそうに見つめる。「幽霊に手紙書くの！」と言って、エマはスケッチブックとクレヨンを引っ張り出してくる。

遅れてやってきたノーマンとレイが、そのそばに座った。

「えーっと、なんて書こう？　幽霊さんへ、お元気ですか」

「エマ、それは違うんじゃないかな……？」

なぜか幽霊へ近況を尋ねているエマに、ノーマンは困ったように訂正する。

「あら、エマ達は何してるの？」

そう言って三人の手元を覗き込んだのは、イザベラだ。黒のロングワンピースに白のエプロンを身につけ、黒髪を後ろで一つにまとめている。エマは隣に座ったイザベラを見上げた。

「あのね、幽霊に手紙を出すの」

「幽霊に手紙？　面白《おもしろ》そうね」

「この手紙をね、枕の下に入れて寝ると幽霊に届くんだよ」

イザベラに本を見せ、エマは画用紙に拙《つたな》い筆致でアルファベットを並べていく。隣で見ていたノーマンは、イザベラに尋ねた。

「ママは、幽霊っていると思う？」

ノーマンの質問に、イザベラは少し伏し目になり、微笑を浮かべた。

「そうね、いると思うわ」

「ほらやっぱり！」

エマはぱっと顔を輝かせ、レイを見る。レイは別の本を膝《ひざ》に置いたまま、ぷいっと顔をそらせた。

「ねぇ、ママは見たことある？　幽霊って怖い？」

矢《や》継《つ》ぎ早《ばや》に尋ねるエマの髪を撫《な》で、イザベラは笑った。

「いいえ。ここにいる幽霊は、ハウスの子達が大好きで、みんなを見守っているのよ？」

「そうなんだ！　じゃあ、いい幽霊だね」

「ふふ、でも言うこと聞かない子は怖がらせちゃうかもね〜」

脅《おど》かす仕草で脇をくすぐられ、エマは声を上げて笑った。それを見ていたノーマンも笑顔になる。

「よし、書けた！」

イザベラの去った後、エマは手紙を完成させた。カラフルな文字で綴《つづ》られた手紙には『ギルダを怖がらせないでね』、それから『私は会いたいです！』と大きく書かれていた。

エマはそれを折《お》り畳《たた》んで、自分のベッドへ持っていくと枕の下に押し込んだ。

満足げに頷いたエマは、当初の予定を忘れてはいなかった。

「よし、じゃあ次は見た人の話を聞こう！」

すでに我《われ》関せずで幽霊と関係ない本を読んでいるレイを、ぐいぐいと引っ張る。

「ほら、レイ早く！」

「…………」

うんざりしたその視線は、なぜかエマではなくノーマンの方へ注がれる。ノーマンはそれを笑ってごまかした。

最初はオリビアだ。

「えっ昨日の幽霊を見た話？　うん、いいよ。詳しく話すね」

図書室で仲の良いミシェルと勉強をしていたオリビアは、その手を止めてエマ達に向き合った。ノーマンはメモ帳と鉛筆を、エマは虫眼鏡《むしめがね》を持っている。

「エマ。何だよそれ」

「探偵って、こういうの持って謎解くんだよ！」

「意味なくね？」

レイとエマが話している間に、オリビアの言葉をノーマンが書き留めていく。

「見たのはえーっと、４日前の夜かな。時間はいつだったんだろう。ちょうど真夜中くらいかな？」

「私もその話聞いて思い出したんだけど、なんか夜中に物音が聞こえてた気がしたんだよね。ズル……ズル……て何か引きずるような音」

ミシェルも気味悪そうにそう話した。

「二人ともなら、気のせいとか見間違いじゃないよね」

ノーマンは顎《あご》に手をやる。

オリビアが見たのは、真夜中に廊下を通り過ぎていく白い影だ。顔も足もなく、ふわふわと浮いているように見えたと、オリビアはつけ足した。

「幽霊は一階へ下りていって、バスルームの方へ消えてった、と」

「わかった！」

エマが大きな声を出して、虫眼鏡を高々と持ち上げた。

「幽霊は、お風呂に入りに行ったんだよ！」

「次行くぞ」

すたすたとレイはその場を歩み去る。無視されて怒るエマを、ノーマンがなだめて連れていく。


続いてマーカスに話を聞いた。

夜中に物音がして起きたら、物悲しげなピアノの音が聞こえてくる。ハウスにあるピアノは音楽室に一台きりだ。誰が弾《ひ》いているのかと見に行ったが、音楽室には誰もおらず、ピアノのそばに明かりだけがついていたと話す。

「ぼうっとピアノだけ浮かび上がってさ、不気味だったんだぜ」

弟妹《きょうだい》達を怖がらせようとしているのか、マーカスは必要以上に声色《こわいろ》を変えて語るが、三人からは期待したような反応は得られなかった。ノーマンとエマが落ち着き払って話す。

「明かりがついてたってことは、やっぱり誰か他の子が来てたのかな」

「もしかして、その時まだ音楽室の中にいたとか？」

レイが疑わしげにマーカスを見上げる。

「ほんとに誰もいなかったのかよ？　ちゃんと探した？」

「探したよ！　誰もいなかったって！」

可愛《かわい》げない弟妹の反応に、マーカスが悲しげに叫ぶ。

「ねぇ、マーカスは他に幽霊見たって言ってた子、知らない？」

エマに尋ねられ、マーカスは首をひねる。

「うーん、誰か言ってたかなぁ。あっそう言えばヘレナもそんな話してたぞ」

オバケがどうとかって、とマーカスは語る。幽霊の新情報が舞い込んだ。三人は次にヘレナを探しに行った。


ヘレナはギルダやアンナ達、小さい女の子と一緒に塗り絵をしていた。ヘレナが描いたお姫様やお城の細《こま》かな線画に、クレヨンでダイナミックな色づけがされている。

「へぇ、エマ達、幽霊のこと調べてるの？　面白そうね！」

話を聞いたヘレナは、ぱっと笑顔になる。

「幽霊っていうか、壁に貼ってある私の絵があるでしょ？　あの絵が時々オバケに変わるんだって」

エマが目を大きく見開く。

「絵が変わる？」

ヘレナは三人を手招きし、廊下へ連れ出した。ママの寝室へ続く廊下の壁には、自由時間に描いたみんなの絵が飾られていた。

「これなんだけど」

ヘレナが指さしたのは、夜空を大きな鳥が飛んでいる絵だ。「すごい上手《じょうず》！」とエマが見惚《みと》れるほど、それはよく描《か》けた鳥だった。森で時々見かける、大型の鳥だ。翼は茶色で、腹部の羽毛は白に黒の斑《ぶち》がある。細かい羽根の陰影や模様まで、綺麗《きれい》に描かれていた。ヘレナはハウスの中で誰よりも絵が上手《うま》いのだ。

「ただの絵でしょ？　でもこの前、アビーがこの鳥の絵がオバケの絵に変わってるって言ってたのよ。すごい怖い顔の幽霊だったって、泣いちゃって」

「えーそんなに怖いの？」

私は見てないからわかんない、とヘレナはエマの反応に肩をすくめる。

「そしたら、聞いてたチャッキーがこれは呪《のろ》いの絵だ～とか言い出して」

「ノロイの絵？　鳥の絵じゃなくて？」

「…………」

呪いの意味がわかっていないエマを、レイが何か言いたげに横目で見る。

「呪いかぁ……ふーん」

ノーマンは顔を近づけて絵を細かく観察する。エマもここぞとばかりに虫眼鏡を使って、絵を凝視《ぎょうし》する。

「何にもなさそうだね」

エマにはものすごく上手、という点以外はごく普通の絵にしか見えなかった。ノーマンはヘレナを見上げて聞いた。

「アビーはそれを夜に見たの？」

「ううん。日が暮れる頃って言ってたから、５時くらいかな」

ヘレナの返答に、エマはぽんと手を打つ。

「そっか、夜じゃなくても幽霊は出てくるんだね」

「絵と幽霊は関係ないってことじゃねーの？　呪いで絵が変わるなんて、そんなこと現実には起こらないだろ」

水を差すレイに、エマはまたむくれる。その間、ノーマンは絵をじっと見ていた。

「うーん……けどこの絵って」

「どうかした？」

レイに尋ねられ、ノーマンはようやく絵から視線を外《はず》した。

「ううん、何でもない。気のせいかも」

ノーマンは笑顔になって首を振った。

それから三人はヘレナの絵を見たアビーにも話を聞いた。アビーはあれから怖くて絵の前を通る時は目をつむっていると震えながら話した。他にも、遊んでいる兄姉達何人かに聞き込みを行った。


「うん、けっこう情報集まったね」

遊戯室に戻ってくると、ノーマンはメモ帳を見る。メモにはほとんど単語だけが書かれている。後は話を聞いただけで頭に入っていた。

ピアノの音はマーカスの他にも、聞いたことがあると話す子が何人かいた。マーカス以外の子達は、見に行かないうちに音は止《や》んだと話していた。姿は見ていないが、誰もが聞こえてきた音色《ねいろ》は暗く悲しげなものだったと言う。いかにも幽霊が弾いていそうな曲だった、と。

「後は、夜に探しに行くだけだね」

ノーマンがエマにそう言うと、エマは何か思いついたようで、得意げに胸をそらせた。

「私は作るものがあるんだ！」

図書室の本を小脇に、エマは今度は虫眼鏡の代わりに工作用のお道具箱を携《たずさ》えている。

それから厚紙を持ってくると、くるくると巻き始めた。

「エマ、夜起きてるつもりなら、お昼寝しといた方がいいんじゃない？」

「大丈夫！」

「絶対寝るだろ」

「そんなことない！」

親友二人の忠告に耳を貸すことなく、エマは夢中で紙を丸めて細い棒へと変えていく。

だが不器用なのか、糊《のり》をつけようとすると紙は元に戻ってしまってうまくいかない。「あ～」見かねたノーマンが手を貸した。

「おーい、エマ達、自由時間そろそろ終わるから片づけなよ～」

気づけばもう夕刻だ。夕食の支度を始めていたオリビアやミシェルが、扉から中へ呼びかける。

「はーい！　今やる！」

声をかけられ、エマは急いで道具箱にハサミや糊を仕舞《しま》っていく。勢いよく棚に押し込んだせいで、そばにあった絵の具の箱をひっくり返した。

「わぁ！」

「もう、何やってんだよエマ」

足元に散らばった絵の具を、レイが悪態をつきながら拾い上げる。ノーマンも手伝った。

自由時間が終わってからはいつも通りだ。夕食と入浴を済ませ、それぞれ自分のベッドへ分かれていく。

「じゃあ、消灯後、階段前にね」

部屋へ分かれる前、エマは二人に耳打ちして立ち去った。


掛け時計がカチ、カチ、と音を立てる。雨は止んだようでいつの間にか外は静かになっていた。

寝たふりをしていたエマは、周りが寝静まったのを確かめてベッドから抜け出した。隣のベッドで眠るギルダの顔を見つめる。

「ギルダ、待っててね。幽霊にお願いしてくるから」

エマは音を立てないように、部屋のドアを開けて廊下へ出た。

廊下にはすでにノーマンとレイの姿があった。レイがカンテラを持ち上げる。布をかぶせて、光が調整できるようにしてあった。抑《おさ》えた明かりに、三人の影が四方へ散らばる。窓からは低く浮かんだ三日月が見えていた。

「エマ、誰も起きてなかった？」

「うん、大丈夫」

声を落として聞いたノーマンに、エマも同じように内緒話をする声量で答える。だが非日常な状況に興奮しているエマは、今にも廊下を跳ね回りそうだ。

「うわぁ！　夜のハウスって、やっぱりちょっと怖いね！」

セリフと表情が一致していないエマに、すでにうんざりしているレイが呟く。

「だったらさっさとベッド戻ろうぜ」

「ぜーったい戻らない！」

わかりきった、元気な答えが返ってきた。

「しーっ」

ノーマンが、唇《くちびる》に指を押し当てる。エマは慌《あわ》てて口を押さえた。ここで誰かが起きてきたら、幽霊探しの前にベッドに連れ戻されてしまう。

「どこから探す？」

ひそひそ声で、エマは二人に顔を近づける。ノーマンは階段下を指さした。

「エマ、レイ。まず、絵を見に行っていい？」

「うん！　オバケの絵になってるかな？」

三人は階下へ向かった。昼間は気にならないのに、階段は足を下ろすたびに、小さくギシ、ギシと不気味な音を立てた。

揺れる光が、大きく引き伸ばされた三人の影を施設の廊下へ散らす。

絵が貼ってあるのは、遊戯室のすぐそばの廊下だ。その壁の前に、エマ達は到着する。

レイの持つ明かりに、ぼうっと壁が浮かび上がった。

「あぁっ」

壁を見たエマが息を呑《の》んで指さした。

「オバケになってる！」

大きな鳥が描かれていた絵は、今や恐ろしげな顔をした幽霊の姿へと変わっていた。白い亡霊が、暗い闇の中を横向きに飛んでいる絵だ。

「マジかよ」

レイもその変化を目の当《ま》たりにして、大きく目を見開いた。どうせ昼間と何も変わらず、エマが落胆して終わるものだと思っていた。

「ゆ、幽霊がやったのかな？」

辺《あた》りをきょろきょろ見渡すエマに、ノーマンはいつも通りの口調で告げた。

「ううん、エマ。この絵は昼間と何も変わってないんだよ」

落ち着き払ったノーマンのセリフに、レイもまた驚く。

「え……？」

「なんで？　変わってるよ？」

不思議がる二人を見てから、ノーマンはレイから明かりを借りる。それを絵が貼られた壁に近づけた。

「これ、だまし絵になってるんだよ」

光を当てると、闇に溶け込んで見えにくくなっていた翼の部分が浮かび上がってきた。

「あっほんとだ！　ヘレナの鳥の絵だ」

幽霊のように見えていたのは、鳥の白い腹部だ。黒の斑点模様が、ちょうど幽霊の目や口に見えていたのだ。

「なるほど。そういうことか」

レイが思い出したようにノーマンに言った。

「シミュラクラ現象ってやつ？」

「シ、シミュ……？」

「ただの点を、人の顔だと目が錯覚しちゃう現象のことだよ」

聞きなれない言葉にぽかんとするエマに、ノーマンが説明する。

「明るいところで鳥だって言われて見たら、鳥にしか見えないんだけど」

ノーマンは鳥の輪郭をなぞり、それから幽霊の方をなぞる。

「けどこうやって暗いところで見ると、濃い色で描かれた部分が見えにくくなる。そうすると白い部分だけが浮かび上がって見えるから、オバケが描かれているように錯覚しちゃうんだよ。アビーは、日が暮れて薄暗くなったハウスの廊下で見たから、これが鳥じゃなくてオバケに見えたんじゃないかな」

「その後は、怖がって絵を見ようとしなかったから、気づかないままだったのか」

一度目が慣れれば、明るくしてもオバケに見ることができた。エマは感嘆する。

「すごい！　こんな絵描けるなんてヘレナすごい！」

「ヘレナは知らずに描いてると思うけど。明日《あした》、教えてあげたらびっくりするかもね」

「アビーにも、教えてあげなくちゃ」

これで怖がらずに廊下を行き来できる。エマは嬉しがる姉の顔を思い浮かべ、にっこりする。

「ノーマン、最初に見て気づいたのか？」

レイに聞かれ、ノーマンは笑ったまま首を傾けた。

「うーん、絵が変わるって、目の錯覚だったりしないかなって思って」

ことなげにそう答えたノーマンに、レイは表情には出さないながらも感服する。自分はその可能性には気づけなかったな、と思った。


オバケに変わる絵の謎は、これで解けた。

レイはよいしょっとカンテラを持ち上げる。

「謎は解決したし、もう寝ようぜ」

「まだだよ！　まだ白い幽霊とピアノの幽霊見つけてないもん！」

騙されなかったか……とレイは小さく舌打ちする。まだまだ夜の幽霊探しを続行する気満々のエマは、弓矢を取り出すように背負っていたものを二人に見せた。

「じゃーん！」

高らかに掲げたのは、紙の棒を十字に組んだものだ。自由時間終了ぎりぎりまでかかって、エマが作っていたのはこれだった。

「エマ……そんな棒作ってたのか」

「棒じゃないよ、お守り！　本に書いてあったんだ。幽霊はこういうジュージカになってるものが苦手なんだって。もし悪い幽霊だったら、これでやっつける」

エマは紙でできた十字架をぶんぶん振り回す。糊づけがよほどしっかりしているのか、紙製とは思えないほど、風を切る音が鋭い。

「ふーん、がんば」

レイは淡々と返す。とりなすように、ノーマンが提案した。

「音楽室は今は静かだし、先に白い幽霊探す？　オリビアは一階に下りていったって言ってたよね」

「うん！　そうしよ！」

そう言い合って、三人が一階の廊下を見て回ろうと歩き出した時だ。

ギシ、と再び階段が鳴った。

「えっ」

エマだけではなく、ノーマンとレイにもその音は聞こえた。三人は足を止め、顔を見合わせる。耳を澄ませると、ギシ……ギ……と、ゆっくりした足音は近くなっているようだった。二階から、何かが一階へ下りてきているのだ。

「幽霊来た……!!」

「まだわかんねーよ」

「ここからなら、気づかれずに階段を見られる」

声を落として話し、三人は壁の陰《かげ》に隠れた。レイが、カンテラにさっと布をかぶせた。

辺りは一瞬で真っ暗になる。

だが目が慣れてくると、薄い月明かりで階段や廊下の形が判然とする。壁の陰にうずくまって、三人は階段を見つめていた。

ほどなく、階段に白い影が現れた。それは確かに顔も足もなく、オリビアが話していたように宙に浮いているように見える。

「……けど、足がないなら足音なんてしない」

ノーマンが、小さな声で呟いた。

白い影は一階に下り立つと、潜《ひそ》んだエマ達に気づかないまま、すっとバスルームへ入っていった。

「よし、いまだ！」

突然エマは立ち上がると、バスルームへ走った。「エ、エマ⁉」「おい！」無鉄砲な友達を、ノーマンとレイが慌てて追いかける。

エマは逃げ場のない一室に入った幽霊へ、大きな声をかける。

「幽霊さん！　こんばんは！」

背後から飛んできた声に、幽霊は小さく「わっ」と叫ぶ。

「あ！」

幽霊は右往左往した後、ノーマンとレイを突き飛ばして廊下へ出ようとした。ひっくり返ったノーマンと、尻餅《しりもち》をついたレイの姿を見て、エマは肩を怒《いか》らせた。

「こらー！　二人にひどいことするなー！」

エマは飛び上がって、その白い影に両手で持った十字架を思いっきり振り下ろした。

「アクリョータクサーン！」

バシンッと、およそ実体のないものを打ちすえたとは思えない、鈍い音が響いた。

「いてっ！」

と、今度ははっきりとした悲鳴が。

「エマ、それ悪霊退散《たいさん》、だと思うよ」

起き上がったノーマンは、苦笑してエマの決めゼリフを訂正する。レイは溜息《ためいき》をついて、ズボンの埃《ほこり》を払う。カンテラの布を外すと、バスルームが明るく照らされた。

「うぅ……」

「効《き》いてる？　ってあれ？」

幽霊だと思っていた白い影は、自分達がいつも使っているシーツだ。エマはそれを引っ張った。

「うう……エマ痛いよ」

シーツの下から出てきたのは、頭をさすって涙目になったチャッキーだった。エマは現れたその姿に、驚きの声を上げる。

「ええっなんでチャッキーが？　あっこれ！」

シーツには、大きな世界地図ができあがっていた。おねしょの跡に気づかれて、チャッキーは慌ててシーツを丸めた。

「お、俺じゃない俺じゃない！　これは、同室のジミーが！」

弟に罪をなすりつけようとするチャッキーを、三人はじっと見返す。

「…………」

「すいません……嘘です」

情けなさそうにうなだれて、チャッキーはおねしょしたシーツを隠そうとしていたことを白状した。

みんなには言わないでくれと懇願《こんがん》した後、チャッキーは二階へ戻っていった。エマも思いっきり叩いてしまったことを謝った。

「オリビアの見た白い影は、シーツを持ったチャッキーだったんだ」

「みんなの洗濯物の中に混ぜて隠そうとしたんだな」

チャッキーはまさか幽霊騒動で自分の秘密まで見つかってしまうとは思わず、「ヘレナの絵を呪いの絵とか言わなきゃ良かったな……ああ、もしかしてこれも絵の呪い？」と頭を抱えて呟いていた。エマ達は顔を見合わせたが、真実を教えるのは明日でもいいかと黙っていた。

レイが言い含めるように、エマの顔を見る。

「な、幽霊なんていないんだって」

「う……そりゃ、白い幽霊は、違ったけど、でも」

「まだ、ピアノの幽霊はわかんないよね」

見かねたノーマンが、エマに助け船を出す。その時だ。上からポロンとピアノの音が鳴った。

「！」

三人は大きく目を見開く。悲しげなメロディーが、夜のハウスに切れ切れに響く。

「ピアノの幽霊だ！」

急いで二階へ上がり、音楽室へ向かった。扉を引き開ける。

「誰も、いない……」

エマは音楽室を見て呆然《ぼうぜん》とした。

ピアノの蓋《ふた》は開けられ、椅子は引き出されたままだ。置かれた譜面《ふめん》を、ぽつんと灯《とも》ったライトだけが照らしている。

音楽室の明かりをつけ、エマとノーマンはすぐに中を探した。探すと言っても、音楽室に隠れられそうな場所はほとんどない。蓄音機の後ろを見て、楽譜が並んだ本棚の陰を確かめる。

ピアノに近づいたレイは、カンテラを椅子の上に置いて、鍵盤《けんばん》を見た。

「やっぱりな。幽霊なんて、いないいんだよ」

それからこう続けた。

「明日の朝になれば、幽霊の正体がわかる」

「えっ？　なんで？」

エマはびっくりしてレイを振り返る。幽霊の姿を見ていないのに、明日になればわかるとはどういうことなのか。

レイのそばへやってきたノーマンはすぐに、レイがどうしてそう言ったのか理解した。

同時に、複雑な表情になる。

「なるほど……。でもレイこれ……」

二人の見ているものを見ようと、エマもピアノのそばへ駆け寄った。背が足りず、鍵盤がよく見えない。

「なんでか、教えへぉ……」

ふわぁあと大きなあくびが重なる。椅子に上ろうとしていた上体が、ぐらりと傾く。

「わ、エマが寝そうだ」

朝スイッチが入ったように目覚めるエマは、寝つきの良さも抜群だ。そもそも普段こんな遅くまで起きていることがないのだから、急激に睡魔が訪れるのも当然だった。

「ああーやっぱりこうなる」

レイはピアノの椅子を抱いたまま寝そうになっているエマを引き起こし、悪態をついた。

「うーん……幽霊……」

「ほらエマ、ベッドまで戻らないと」

ノーマンとレイに左右から支えられて、エマは夢うつつのままベッドへ戻った。

夜のハウスには、白い霧のような幽霊達が、無数に飛《と》び交《か》っていた。カンテラの光に、その幽霊達が人の姿にも鳥にもくるくると目まぐるしく入れ替わる。ピアノの音が鳴っていた。悲しげな曲調なのに、幽霊達はなぜだか楽しそうだ。エマは幽霊を追いかけた。廊下を駆け抜け、バスルームに飛び込み、音楽室へ追いつめた。

捕まえたと思った幽霊はシーツだった。

「エマぁー、起きて」

肩を揺すられて、エマははっと目を開いた。自分を起こしていたのは、起きぬけの眠い目をこするギルダだった。いつもなら朝が弱いギルダをエマが起こす側なのだが、どうやら今日は自分の方がずいぶん朝寝坊してしまったらしい。

「起きた瞬間から元気いっぱいのエマが、寝坊なんて珍しいわね」

髪を束ねるオリビアがからかうように言う。

「あ、あれ？」

エマは混乱した。もしかして自分は、消灯後に起きることなく、そのまま朝まで眠ってしまっていたのだろうか。あれもこれも、夢の中のことだったのだろうか。

靴紐《くつひも》を結ぶのももどかしく、エマは部屋を飛び出し、食堂を目指《めざ》した。

食堂の前で、ノーマンとレイを見つけた。

「ねぇ、ねぇ！　昨日の夜、幽霊探しに行ったよね！」

ノーマンのシャツを摑《つか》むと、エマはぶんぶん揺すった。

「うん、行った行った」

「でかい声で言うなよ」

レイがエマを注意する。エマは大きく息を吐き出し、安堵《あんど》した。

「あー良かったぁ、全部夢かと思った〜」

胸を撫で下ろしたエマは、そこで昨日の記憶の終わりを思い出す。

「あっそうだ！　ピアノの幽霊、レイどうして正体わかったの？」

レイは前髪の間から、ちらりとエマを見て答える。

「これから探すんだよ」

「どういうこと？」

ノーマンはにっこり笑って、エマへ耳打ちする。

「エマ、みんなの指をよーく見て。朝食の手洗いをする前に、見つけるんだ」

「指？」

首を傾げたエマだが、二人の言葉に従い、一人一人洗面所の前で、その手をチェックしていった。誰の手にも奇妙なところはない。そう思った時だ。

「あれ？　ロベルト、指が白い！」

兄の指先に白い汚れがついていることに気がついた。言われたロベルトはぎょっと目をむいた。

「げっ！　アレやったの、エマだったのかよ」

「え？　何が？」

アレ、の意味がわからず、エマは聞き返す。ロベルトは洗面所の隅に移動すると、声を落として明かした。

「ピアノの鍵盤に、白い絵の具塗っただろ！」

「えっ、ピアノ？　じゃあ夜にピアノ弾いてたのは、ロベルトだったの？」

エマが上げた素《す》っ頓狂《とんきょう》な声に、今度はロベルトが驚く。

「はぁ？　絵の具のイタズラ、エマじゃないの？」

「絵の具って……？　あっ！」

エマははっとして、振り返る。

ノーマンと一緒に立っていたレイが、ポケットから絵の具のチューブを取り出した。その色は、白。

「こうしておけば、誰が弾いてたかわかるかなって思って」

悪びれることなく言うレイに、ロベルトはお手上げというように自分の手のひらを見せる。指先には拭《ぬぐ》い取《と》れなかった白い絵の具がこびりついている。

「俺も暗くて手元よく見てなかったんだ。黒鍵《こっけん》がなんか汚れてるなって思った時には遅かったよ」

「なんで夜に弾いてたの？」

エマが不思議そうに尋ねた。おねしょは隠したいだろうけれど、ピアノを弾くことは別に悪いことではない。誰にも隠れず、昼間に弾けばいい。

ロベルトは困った表情で頭を掻《か》いた。

「自由時間に弾いてると、みんな寄ってきちゃうじゃん。でもさ、そうすると明るい曲弾いた方がいいかなーって思うから……」

確かにロベルトがピアノを弾く時は、いつも周りに観客がいた。ロベルトが弾く『きらきら星』や『ドレミの歌』に合わせて、年少の弟妹達がいつも楽しそうに歌を歌っているのだ。ロベルトは胸を押さえて本心を明かした。

「けど俺は本当はさ、ひっそりとした、静かな曲が弾きたいんだよ！　暗くて、陰鬱《いんうつ》で、重苦しい感じのさ！」

「だからみんな、幽霊が弾いてるみたいな怖い曲……ってビビってたのか」

「昼間だと聴いてる子達が怖がっちゃうから、夜に隠れて弾いてたんだ。ロベルト、優しいね」

「そのせいで幽霊の噂《うわさ》が立ってるんだけどな」

レイとエマの後から、ノーマンが口を開いた。

「でも、どうやって音楽室からいなくなったの？　それともどこかに隠れてたの？」

実はノーマンは、エマをベッドに送り届けてから、全員の所在を確かめた。その時点でロベルトの姿だけがベッドになかった。だからノーマンは昨夜すでに、ロベルトがピアノを弾いていたことには気づいていた。

だが一体どこに、どうやって隠れていたのかはわからなかった。

「しょーがねーな。教えてやるから誰にも言うなよ？」

ロベルトは三人を集めて、身をかがめた。

「コントラバスって知ってる？」

「あっ、あの大きな楽器？」

音楽室にはピアノの他にも、いくつか楽器が置かれている。バイオリンやアコーディオンなどが、ケースに入って棚の中に並べてある。その中にコントラバスのケースもあった。小さい子供達には難しい楽器も多いため、ほとんど仕舞われたきりになっている。

ロベルトは頷いた。

「そ、バイオリンのでっかいやつ。実はあのケース、中身は入ってなかったんだよ。昔に壊れちゃったのか、ケースだけずっと音楽室に置かれたままになってってさ。誰かが来るといつもその中に隠れてたんだ」

　種明かしをしたロベルトに、ノーマンは目を丸くする。

「そう、だったんだ……気づかなかった」

　よく探せば、きっとケースには白い汚れがついていたはずだ。だが見落としていた。ノーマンはまだ観察力が足りないなと自分を省《かえり》みた。

「秘密だからな？」

　ロベルトは口に指を押し当てようとして、まだその指先に絵の具がついていることに気づいた。やれやれと肩をすくめ、苦笑しつつ手を洗った。

　そこへ、腰に手をやったイザベラが現れた。

　朝から、その眉《まゆ》はきゅっとつり上がっている。

「……ピアノに絵の具つけたの、誰？」

　ロベルトは慌てて指をこする。ノーマンはこんなにすぐばれるなんて、と内心驚いていたが顔には出さないようにした。だが挙動不審なエマは、すぐにその目線が横へと流れた。

「………………」

　レイは素知らぬ顔をしたが、イザベラには全てお見通しだった。

「ちゃんと拭いてきなさい」

フキンを押しつけられたレイは、仏頂面《ぶっちょうづら》で音楽室へ向かった。

「はは……さすがに絵の具は叱《しか》られるよね」

「うん。でもそんな方法、思いつかなかったな」

苦笑したノーマンに対し、エマは感心したような表情を浮かべていた。その横顔を見て、ノーマンは口を閉じる。いつも直情的な言動ばかりしているエマだが、時折自分達二人よりはるかに鋭く、柔軟に物事を吸収してしまうことがあった。すぐにエマは、いつもの屈《くっ》託《たく》ない笑顔に戻る。

「レイ手伝ってこようか！」

「うん」

三人がピアノの絵の具を拭いて戻ってくると、ぎりぎり朝食のベルに間に合った。

これで幽霊の謎は全部解決した、とエマは満足げに、心おきなく朝食を味わう。だが二つ目のパンを口に入れたところで、大事なことを忘れていたと気がついた。

「んっ!!　むぐっ！　んぅっ」

咳《せ》き込《こ》んで、どんどんと胸を叩く。向かいからノーマンが、心配げに声をかけた。

「エマ大丈夫……？」

黙ってレイがずらしてよこしたミルクで流し込み、エマは口を開けた。

「まだ忘れてることあった！」

エマはテーブルに身を乗り出す。

「手紙‼」

朝食を食べ終え、急いで食器を片づけると、エマは二人を呼んで自分のベッドへ駆け戻った。

「枕の下に、手紙入れてたの忘れてたよ」

「はぁ……そんなのさ……」

いそいそと自分の寝ていた枕の下に手を突っ込んだエマを、レイが呆れ見る。どうせ昨日入れたままの状態で、折り畳んだ画用紙が出てくると思っていた。

エマの手が摑んで引っ張り出したのは、白い封筒だった。

「手紙の返事だ！」

「えっ？」

レイもノーマンも驚き、急いで枕をどかす。そこに、昨日エマが書いた手紙はない。

エマは封筒を開け、中の便箋《びんせん》を取り出した。

『エマ、お手紙ありがとう。僕を探してくれるのは嬉しいけど、夜にベッドを抜け出して、バスルームや音楽室に行くのは良くないよ。夜はちゃんと眠ってね。ハウスの幽霊より』

優しげな少年のような、ちょっとぎこちない文字でその手紙は綴られていた。

ノーマンはその手紙を読み返し、顎に手をやる。

「あそこにいたの、僕達だけなのに」

一瞬チャッキーだろうかと思ったが、エマの枕の下に手紙を入れる時間はあってもエマが幽霊へ手紙を書いていたことは知らないはずだ。それに音楽室に行った時、チャッキーはすでに部屋へ戻っていた。音楽室で隠れていたロベルトも、自分達がバスルームへ行っていたことは知らない。ノーマンは答えが見つからず、困惑《こんわく》した。

「どうして僕達のしてたこと、わかったんだろう……？」

それに対してエマの回答は明瞭《めいりょう》だ。

「幽霊だからだよ！」

すごい、幽霊から手紙来た！　とエマは便箋を抱きしめ、歓声を上げた。

それに対して、レイは二人を見たまま沈黙している。

「…………」

「レイ？」

黙り込んでいるレイを不審に思い、ノーマンは声をかける。

「どうしたの？」

レイは視線を落とし、うつむいた。前髪で表情が見えなくなる。

「何でもない」

「やっぱりハウスには、幽霊がいるんだよ！」

聞いた幽霊話の全てが空振りで、エマは心のどこかで拍子抜けしていたのだ。手紙に眠ってねと書かれていなかったら、「今夜もまた探そうよ、幽霊！」と言い出しかねないテンションだ。

そこでテストの時間を知らせる鐘が鳴った。

「あっ大変！　テスト始まる！」

エマは手紙を引き出しに仕舞った。ノーマンはレイの様子《ようす》が気になったが、エマに続いて部屋を出て階段を駆け下りていった。

「エマ達、時間ギリギリよ？」

テストルームの前に、すでにイザベラはやってきていた。エマは「ごめんなさい！」と大きな声で謝ってから、イザベラの手を引っ張るように握り締めた。

「ねぇママ！　幽霊から、手紙届いたんだよ！　後で見せてあげるね」

「あら、本当に？　すごいわね」

イザベラはエマと手を繋いだまま、笑う。

「ママの言った通りだったよ。ハウスの幽霊は私達のこと、いつでも見守ってくれてるんだね！」

「ふふ……ええ、そうよ。さ、早く自分の席に座って」

促《うなが》されて、エマ達は自分の席に着いた。エマはヘッドホンをつけてからも、幽霊の手紙のことを思い出して上機嫌《じょうきげん》だった。

（ギルダに、もう怖がらなくていいよって、教えてあげなきゃ！）


昨日の雨模様から打って変わって、今日は雲一つない晴天となった。

ハウスの庭には、白い制服に混ざって一枚だけシーツが干されている。

その後、定期的にロベルトによるピアノコンサートが開かれるようになった。彼はそこで思う存分、重厚なクラシックを弾きまくった。夜に聞くと不気味に思えた楽曲も、コンサートとして聴くと安眠できると、思いがけず好評だった。

エマから絵の仕掛けを教えられたヘレナは感動し、しばらくだまし絵を描くことに夢中になった。できあがった絵で、他の兄弟達をあっと驚かせていた。その一番のファンとなったのは、オバケの絵を怖がっていたアビーだ。

エマはその後にも何度か幽霊への手紙を書いて枕の下へ入れた。だが返事が届いたのは、あの晩きりだった。

結局、手紙の幽霊の謎だけは、解けないままだ。

＊　＊　＊

「それで、幽霊は？　どうなったの？」

イベットの声に、ノーマンは現実に引き戻された。

「探しても、見つからなかったよ」

ノーマンは、あの頃の自分達と同い年くらいの妹を見て、苦笑する。

今から考えれば、ハウスの幽霊の正体はイザベラだったとすぐにわかる。

イザベラは、エマが幽霊への手紙を枕の下へ入れることを知っていた。そしてその夜に、発信器で三つの点が移動するのを見ていたのだろう。自分達がいた場所を正確に書くことができたのは、そういうわけだ。筆跡まで変えるのは子供相手ならやりすぎのように思えるが、当時の自分達ならそれくらいしないと見抜いていたと思う。

（……見守っている、か）

静かに微笑《ほほえ》む、イザベラの顔が浮かぶ。

あの頃、自分達にこんな未来が訪れるとは、夢にも思っていなかった。顔を曇らせたノーマンに、唐突に下から声がかかった。

「じゃあ、今度はみんなで幽霊、探してあげるね！」

思いがけないイベットの提案に、ノーマンは意表を突かれて視線を向けた。それから、ふっと笑顔になる。

「ありがとう」

イベットが笑い返し、再び絵を描き始めた。ノーマンはその姿を見つめる。

あんなふうに幽霊探しを、もう一度みんなでやれたら良かった。

ずっと昔の出来事なのに、その夜のことはよく覚えていた。夜のハウスの、ひんやりとした空気や、身を寄せ合って隠れた時の互いの体温やカンテラの匂い。

三人で真夜中にこっそり起きているのは、大人《おとな》になったようで、ドキドキした。

『幽霊に会ってみたい！』

あの頃から、エマは怖いもの知らずだった。家族思いで、そのためなら何だってできた。

今回の〝脱獄〟だってそうだ。レイも自分もエマのように全ては選べなかった。

（エマは、強いな……）

誰よりも強く、優しい。自分達がトラックの荷台でその真実を目撃した夜、めったに涙を見せることがないエマが泣いた。

それほど恐ろしい光景だったし、打ちのめされるような現実だった。だがエマが涙したのは、自分が死ぬかもしれない恐怖からではなかった。

愛する妹コニーを失い、そしてこの先も家族を失い続けるかもしれない恐怖で涙していたのだ。

(すごいよな……)

ノーマンは友を誇らしく思うと同時に、自嘲《じちょう》の笑みを浮かべた。自分はあの時、エマとレイと三人でなら逃げられる、と思った。あの状況で、1歳の弟妹達まで救って脱出しようとなど考えられなかった。

あんなふうになりたい。

ノーマンはあの夜から——いや、もっと前からも、そう願い続けてきた。

エマが泣《な》いた日《ひ》

エマに惹《ひ》かれた理由には、きっと憧《あこが》れも混ざっている。

ひ弱で、よく体調を崩して寝込んでいた自分は、いつも元気で強いエマに憧れた。ノーマンは片手で自分の腕を抱き、思い返す。

今でこそ風邪《かぜ》も引かなくなったが、小さい頃は体力がなく、医務室に運ばれることも少なくなかった。

(ああ、けど……)

そんなふうに自分がよく寝込んでいた頃、あの泣かないエマが号泣したことがあった。

あれは自分が、夏風邪をひどくこじらせた時だ。7歳の時だったと思う。高熱を出して、一晩中朦朧《もうろう》とし、咳《せき》が止まらなかった。

泣き顔のエマは泥と擦《す》り傷だらけで、手にはしなびた白い花を握《にぎ》り締《し》めていた。大声で赤子のように泣きじゃくっていたが、それは恐怖や悔しさのためではなかった。

(そうだ……結局、あの時だってエマは……)

ノーマンは事の顚末《てんまつ》を思い出し、愛《いと》しげに苦笑《わら》った。

＊　＊　＊

その日は午後、森で遊んでいる時間からすでに雲行きが怪しかった。

流れの速い灰色の雲が空を覆《おお》い、生温《なまぬる》い風が吹いていた。日が長い時期なのに、3時くらいにはもう夕方のように暗かった。

森で遊んでいたエマ達は、枝の間から空を見上げた。

「なんか天気悪いね」

「今日は早く戻った方がいいかもね」

ノーマンも同じように空を見た。湿った空気が頬《ほお》に触れる。森はすでに、雨の日の匂《にお》いがしていた。遠くで、雷の音も聞こえた。

本を小脇に、木々の陰《かげ》からレイが顔を覗《のぞ》かせる。

「ママから、伝言。今日はもう中に入れってさ」

鬼ごっこの途中だったが、戻ろうと話していたところだったので、ノーマンもエマも素直に頷《うなず》いた。

「わかった」

「レイ、ありがとう。他の子達にも伝えないと」

「捕まらずに残ってんの、お前ら二人だけだと。鬼が見つけられねーから、俺が探しに行く羽目になったんだよ」

大仰《おおぎょう》に溜息《ためいき》をついてみせるレイに、ノーマンとエマは顔を見合わせる。それであっさり自分達二人を見つけることができてしまうのがレイだ。確かに鬼役のチャッキーが頼るはずだった。

「ああ、ほら、降ってきたぞ」

話している間に、ぽつぽつと、雨粒が地面を打ち始めた。本が濡《ぬ》れないように腕で抱《かか》え直したレイに、エマはハンカチを貸そうと思ってポケットに手を突っ込んだ。

「あれ？　ハンカチがない！」

スカートのポケットを裏返すが、入れておいたはずのハンカチは見当たらない。地面を見渡し、ノーマンが呟《つぶや》く。

「どこかに、落としたのかな？」

「ハンカチなんてどうでもいいだろ。早く戻るぞ」

走り出したレイに、エマは追いかけつつ悔しそうに嘆《なげ》く。

「えぇ〜そんな〜！　おろしたばっかりで、ママに刺繍《ししゅう》入れてもらったやつなのに！」

気に入っていたので、普段はハンカチなど持ち歩かないのに常にポケットに入れていたのだ。それが仇《あだ》となった。

エマはまだ後ろ髪の引かれる思いだったが、森を抜ける手前で雨は一気に本降りに変わった。ざぁっと音を立てて雨が葉を打つ。

「うわっ！　濡れる濡れる！」

ハウスでは、玄関を開けてイザベラがカランカランと鐘《かね》を鳴らしている。外遊びをしていた子供達が次々にハウスの中へ駆け込んでいく。

「エマ達も早く！」

「一気に降ってきたね」

屋根の下に入って、子供達は今やバケツをひっくり返したような雨を眺《なが》める。イザベラは子供達全員を、数え終えるところだった。

「エマとレイ、あら？　ノーマンは？」

玄関に飛び込んだ二人は、イザベラに言われて慌《あわ》てて後ろを振り向く。

「え？」

「なんで？　ノーマン、一緒だったのに」

てっきり、自分達の後ろを走ってきていると思っていた。振り返った庭は、すでに土砂降りで、森は霧がかかったように煙《けぶ》っている。エマが顔を曇らせた。

「まだ森の中……？」

イザベラが懐中時計を取り出そうとした時、庭を走ってくる影が見えた。

「あっノーマン！」

白いシャツが、雨の中に浮かび上がる。玄関にいた兄弟達は、ほっと息をついた。

息を切らして玄関に入ったノーマンは、頭の先からつま先までずぶ濡れのまま、いつもの笑顔を浮かべてエマに手を差し出した。

「エマ、ハンカチあったよ」

「え⁉」

エマはノーマンが持っているハンカチを驚いた顔で受け取る。ハンカチは、制服と同じで白いシンプルなものだったが、端にEの文字がオレンジ色の糸で刺繍されていた。

「すごい、どこにあったの？　ありがとう！」

ハンカチは湿っていたが、ほとんど汚れてはいなかった。エマはそれを大事そうに胸に抱いた。それからあらためて、ノーマンの姿を見た。

すぐに戻った自分達は髪や肩が濡れた程度だが、ノーマンは絞《しぼ》ったら水が出てくるくらい、シャツもズボンも濡れている。雨が降ってきてからも、森でハンカチを探していたのだろう。それに水溜《みずた》まりになった庭を走ってきたため、靴もズボンの裾《すそ》も泥だらけだ。

「……でもノーマンがびしょ濡れになっちゃった」

「はは、エマだって」

エマの跳《は》ねた毛先からは、水が滴《したた》っていた。先に中に入った兄弟達がタオルを持ってやってくる。ノーマンは礼を言ってそれを受け取った。

「みんな早く着替えちゃいなさい。風邪引くわよ」

イザベラが言った瞬間、ノーマンが大きなくしゃみをした。年少者達は声を上げて笑ったが、エマは心配そうにその姿を見ていた。


翌日は爽《さわ》やかな晴天が戻った。

「わーい！」

「晴れた晴れた～！」

午後の自由時間になると同時に、子供達は玄関から外へ飛び出していった。

まだ庭には水溜まりが残っており、そこに空の色が映り込んでいる。葉の上の滴《しずく》が、日差しを受けてきらきらと光った。

「ボール遊びする人ー！」

「はーい！」

ボールを持ったマーカスの元へ、兄弟達とともにエマも駆けつける。

「ノーマンもやる？」

「うーん、今日はちょっと見てようかな」

当然参加すると思っていたエマは、ノーマンの返事に思わずその顔を見た。

「ノーマン、大丈夫？」

すぐにエマの頭には、昨日《きのう》の雨に降られたことが浮かんだ。こうして外に出てきているし、今日のテストも当然のごとく満点を取っていた。体調が優《すぐ》れないようには見えなかったが、もしかして違ったのだろうか。眉《まゆ》を下げたエマに、ノーマンは安心させるように笑い返した。

「うん、大丈夫。僕の代わりにレイがやるって」

「は⁉　勝手に代理にすんな！」

本を持って通り過ぎようとしていたレイが、聞き捨てならない友のセリフに噛《か》みつく。

「ほら、やるぞー！」

マーカスが声をかけて、ボールを蹴《け》った。そのボールをみんなが追いかける。エマも「やるやる！」と叫んで輪に加わった。

ボール遊びはエマの得意分野だ。遠くへ飛んでいったボールに、誰よりも早く追いついて蹴り返していた。

「レイ、パスパス！」

「だからなぁ……！」

飛んできたボールを、本を開いたままレイは思いっきり蹴り飛ばした。ボールは真っすぐに他の子達の間を抜けて、エマの足元へ飛んでいった。そばで見ていたノーマンは「さっすが」と茶化して拍手を送る。そう言いながら隠すように咳をした。

「ノーマン、ほんとは風邪引いてんだろ」

「大丈夫だって。ちょっと喉《のど》やられただけ」

取り合わないノーマンに、レイはやれやれと嘆息した。

ボール遊びは楽しく続いていたが、途中で問題が発生した。

姉のケイトが蹴ったボールが、運悪く木に引っかかってしまったのだ。

「落ちてこいー！」

マーカスが木を揺らそうとするが、太い幹にいくら体重をかけてもびくともしない。

「風吹け～」「鳥取ってくれ～」とチャッキーが両手を上げて念じ、それを横で幼いドンが真似《まね》るが、二人の祈りも空《むな》しく、枝はボールをしっかりキャッチしたままだ。

「ごめん。どうしよう……」

ボールを蹴ったケイトは悄然《しょうぜん》と肩を落としている。

「ママに言って取ってもらう？」

隣にいたアビーが言い、その場にいた兄弟達は顔を見合わせる。実はこの前も屋根にボールを上げてしまい、今度ボールを取れなくさせたら、しばらくボール遊びは禁止と言い渡されていたのだ。しかし木に引っかかったままでは、いずれママにばれる。それなら正直に言った方が……と思いかけた時だ。

「私が取ってくるよ！」

手を上げたのは、エマだった。言うが早いかエマは革靴《ブーツ》と靴下を脱ぎ、庭の大木に手足をかけた。

「エマ、危ないよ！」

「そうよ、私がママに謝って取ってもらうから」

姉達の制止に対し、エマは屈託《くったく》なく笑った。

「じゃあもし私が取れなかったら、ママに頼もう」

エマは大して摑《つか》まる場所もない幹を、「よっ」「ほ！」と言いながらすいすいと上がっていく。いつの間にか、観戦していたノーマンも、本を読んでいたはずのレイもそばへやってきていた。

「エマー、大丈夫ー？」

ノーマンが口に手を当て、頭上のエマへ声をかける。

「大丈夫～！」

下からの声に、エマは手を振ると、さらに上を目指《めざ》して上がっていく。すでにハウスの二階と並ぶ高さだ。マーカスもチャッキーも思わず年下の妹に感嘆する。

「エマ、よく怖くないよなぁ……」

「あんな高い場所、見てるだけで足がすくみそうだよ」

ノーマンはもどかしげに頭上のエマを見上げていた。今にも自分が上《のぼ》っていきたそうだ。

地上の心境など全《まった》く気にも留《と》めず、エマはさらに上の枝に飛び移る。

「ボールあったよ！」

エマは枝に引っかかったボールのそばまでとうとう到達した。だがボールはエマの位置からはぎりぎり手の届かないところにある。枝を揺らしても中々落ちない。

少し考え、エマは斜め上の枝に片手で摑まると、もう片方の腕を伸ばしてボールに触れようとした。小さな手がボールをぐいと押す。

「よし！」

ボールは枝を離れた。その球体が吸い込まれるように小さくなって、下から歓声が上がる。エマはピースサインを見せ、下りるため枝から幹へ体の向きを変えようとした。

その時、支えにしていた枝が、ミシリと鳴った。

「……っと、うわっ！」

枝はミシミシと凄《すさ》まじい音を立て、あっと言う間に折れた。エマはそのまま、空中へ投げ出される。

下から悲鳴が響き渡った。エマの体は数本の枝を折りながら、地面へと落下した。

「い、いたた……」

地面に倒れたエマは、ぶつけた肩をさすって体を起こす。そしてすぐそばに、同じように腕を伸ばしてノーマンまで倒れているのが目に入った。

「えっ！　ノーマン⁉」

エマは慌てて起き上がり、ノーマンの肩を揺する。

「ごめん、ノーマン！　大丈夫？」

自分をキャッチしようとして倒れたのだと思っていたノーマンの体が、服の上からでもわかるほど熱かった。

「ノーマン？」

「おい、ノーマン！」

異変に気づいたレイが、本を放り捨ててノーマンへ駆け寄った。二人に名前を呼ばれても、ノーマンは瞼《まぶた》を開けない。口で、浅くせわしない呼吸をしている。エマを心配して輪になっていた兄弟達も、ノーマンの意識がないことに騒然となった。

その時には、悲鳴を聞いたイザベラが駆けつけてきていた。

「どうしたの？」

イザベラは、エマとレイの腕の中でぐったりしているノーマンの姿を見て、顔色を変えた。さらにエマの頬《ほお》や足は、何かで引《ひ》っ掻《か》いたように血が滲《にじ》んでいる。

「ママ、ノーマンが倒れて！」

「エマが木から落ちたんだ」

「それでノーマン助けようとして」

一度に喋《しゃべ》り出《だ》した子供達に、イザベラは状況を知るのは後回しにした。ノーマンのそばに膝《ひざ》をつき、首筋《くびすじ》に手をやった。

「ひどい熱ね……」

体温も上がっているし、脈も呼吸も速い。イザベラは軽々とノーマンを抱き上げた。

「エマも来なさい。擦りむいてるわ。レイ、手伝ってくれる？」

呆然《ぼうぜん》としているエマの肩をレイが叩《たた》いた。エマはそれでようやく我《われ》に返り、歩き出した。

イザベラの後について、ハウスへ戻る。

医務室のベッドにノーマンを寝かせ、イザベラは手早く体温計や聴診器を用意する。

「レイ、エマの手当てをしてあげて」

頷いて、レイは救急箱を持ってくる。エマはおとなしく丸椅子《まるいす》に座ろうとはせず、ノーマンの枕元へ近づいた。

「ママ……ノーマン、どうしちゃったの?」

自分も二階の高さから落ちているというのに、エマはそんなことすっかり忘れて、ノーマンの身を案じていた。イザベラは体温計のめもりを見て答える。

「熱が高いわね。そうね、風邪だと思うけれど……」

何か言いかけたエマを、レイが無理矢理に椅子へ引き戻す。

「エマ、先に自分」

「私は大丈夫」

「黙って座れって」

レイに叱《しか》られ、エマは渋々治療を受ける。

「ゲホッ、ゲホ」

ノーマンが咳をする。意識が戻ったかのように思えたが、一瞬薄く開いた目はまたすぐ閉じられた。高熱で朦朧としているようだった。

聴診器で胸の音を聴いたイザベラは、眉をひそめる。その表情が一瞬だけ険《けわ》しくなったのを、レイは見逃さなかった。

イザベラはノーマンの寝具を直すと、エマとレイを振り返った。その時にはもう、いつもの穏《おだ》やかな笑《え》みに戻っている。

「二人とも、感染《うつ》ったらいけないから、もう行きなさい」

エマは即座に首を振った。

「待ってママ。まだ、ノーマンのそばにいたい」

「エマ、わがまま言わないの」

厳しい声音《こわね》になったイザベラに、エマはそれ以上食い下がることはできなかった。レイに促《うなが》され、医務室を出た。

廊下へ出ると、エマは床を睨《にら》んだまま立ち止まった。

「レイ、どうしよう。私のせいだ」

エマは自分のスカートをきつく握る。ノーマンが熱を出して倒れたとわかった瞬間から、エマは昨日のことが頭の中を渦巻いていた。うつむいたまま、自分でも下瞼に薄く涙が張るのがわかった。エマはその涙が零《こぼ》れないよう、瞬《まばた》きせずに自分の靴と床《ゆか》を睨んだ。

「私がハンカチを落としたから、ノーマン雨の中探してくれて、それで風邪引いたんだ……」

振り向いてエマを見つめていたレイは、面倒臭《めんどうくさ》そうに頭を掻いた。

「はぁ……そう思うだろうから、隠してたんだろ」

「え？」

ぼやくように言ったレイの言葉に、エマは聞き返す。レイは今度ははっきりした声音で告げた。

「大丈夫だって。ノーマンの風邪なんていつものことだろ。すぐ治るって」

「……うん。そう、だよね……」

そう言われて、エマも頷き返しはしたが、原因を作ってしまったのは、間違いなく自分だ。昨日ハンカチなんて落とさなければこんなことにはならなかった。

あの時、自分が失《な》くしたハンカチを惜しがるようなことを言ったから、ノーマンは森へ探しに戻ったのだ。エマは軽率《けいそつ》な自分の言動を悔やんだ。

「ねぇレイ、ノーマンのために何かできることないかな？」

エマはうつむかせていた顔を上げた。嘆いていてもノーマンは元気にならない。すぐにエマは思いついた。

「そうだ、また糸電話作ったら……！」

小さい頃、医務室に入らなくてもノーマンと話せるようにと、エマ達は糸電話を考えたのだ。それなら、感染る心配はない。

「エマ、今はだめよ」

医務室の扉が開き、二人の会話が聞こえていたイザベラが、溜息混じりに否《いな》んだ。

「でもママ、ノーマンが風邪引いたの、私のせいなの。だから謝らなきゃ」

イザベラは身をかがめ、エマに視線を合わせる。

「エマ、ノーマンはそんなこと気にしないわ。糸電話も嬉《うれ》しいでしょうけど、今は風邪を治すことに専念させてあげて？　ね？」

エマは何か言い返そうと思って開いた口を、結局閉じた。そう言われては、自分の意見を押し通すことはできない。

「……うん、わかった」

「ありがとう、エマ」

イザベラは、思いを飲み込んで頷いたエマの頭を撫《な》で、廊下を足早に去っていった。

その背を黙って見送ったレイは、先ほどのイザベラの表情が気になっていた。お見舞いだけではなく糸電話も許可しなかったのは、今のノーマンの状態がすぐに回復するものではないということかもしれない。レイは口を開いた。

「エマ、ノーマンのことは今はママに任せておいた方がいいと思う。明日《あした》にはけろっと良くなってるかもしれねーし、様子見ようぜ」

「うん、わかった。でも私にできることは、何かしたいんだ」

「…………」

諦《あきら》めるつもりのないエマに、レイは処置なしとばかりに肩をすくめた。


次の日、自由時間になってもエマは外へ遊びには行かなかった。階段を上がり、図書室を訪れた。

勇んでやってきたエマだったが、壁を埋《う》め尽《つ》くす本を前に、すぐに途方に暮れた。

「うーん……薬の本って、どこ……？」

ノーマンのために何かできないか。そう考えてエマは、風邪に効《き》くものを用意できないかと思いついた。そこで薬になるものを調べようと思ったのだが、これは医務室に突撃見舞いするよりエマにとっては難題だった。

「この辺とか、かな」

梯子《はしご》を使って上に上がり、とりあえず難しそうな本の背表紙を一つ一つ読んでいく。どれも古く、言葉も難しければ埃《ほこり》をかぶって文字も読みにくい。

「えぇ～全然わかんないよ」

無理矢理引っ張り出した年季《ねんき》の入った本は、今のところ全て外《はず》れだ。片腕で何冊も抱えているのが、だんだん辛《つら》くなってくる。エマは一冊戻そうと梯子の上で伸び上がった。

「何やってんだよ」

「わっ」

突然下からかかった声に、エマは持っていた本を取り落とした。「あっぶね！」分厚《ぶあつ》い革張《かわば》りの本が何冊も、下にいたレイのすぐそばに降ってきた。落ちた本から、もうもうと埃が舞う。

「ごめんレイ！」

「落とすなよ、本が傷《いた》む！　つか何だよ、『ウィットウェル言語辞典』？　こっちは『ソルティオ世界図版』？」

落ちてきた脈絡のない本を拾い上げ、レイはその表紙から埃を払う。滑《すべ》るように梯子を下りてきたエマが、本を受け取り苦笑《にがわら》いした。

「うーん……病気とか薬とかの本、探してたんだけど」

なるほど、とレイはエマが考えた〝ノーマンのためにできること〟を察した。お見舞いも糸電話もだめと言われ、別の方法を考えたようだ。

「何かないかな？」

「本か……。大したものねーよ」

レイは図書室の棚の間を抜けていく。

ハウスの蔵書は膨大《ぼうだい》だが、一部偏《かたよ》りがある。

例えば武術や武器について。紹介する程度の書籍はあるが、それを習得できるよう細《こま》かく解説した本はない。一方、学問書や小説は多い。数学や化学、工学についてなどだ。小説はミステリーやファンタジーとジャンルは様々だった。哲学や芸術関連の本も多い。

だが医学書はごく簡単に記載されたものに限られていた。幼児向けの人体解剖図の本や、基本的な病気の症状と治し方が書かれたものが数冊ある程度だ。

「そもそも、見る棚全然違うぞ」

「えっ⁉」

さっきから見当違いの棚を漁《あさ》っているエマを見かねて、レイは離れた書架を示す。その棚の一隅に、病気や医療に関係した本が並べられている。確かにレイが言うように、あまり冊数はないようだ。

「ありがとう！　よし」

エマは持てるだけ本を抱え持つと、テーブルにそれらを広げて調べ始めた。レイも分厚い本を抱いて、向かいの椅子を引く。

「うーん……確かに中々書かれてないね」

眉間《みけん》にしわを寄せて、エマは難しい言葉を一生懸命追っていく。今読んだ中に、詳細《しょうさい》な治療方法まで書かれているものはなかった。エマは病気の本を閉じ、薬草についての本を開いた。こちらは挿絵《さしえ》もあって、比較的わかりやすい。

「風邪に効くもの……うーん……あ！　この花！」

ページをめくったエマは、そこに描かれた挿絵を指さした。

花びらの大きな、美しい白い花だった。聞いたことのない名前だったが、エマはその植物に見覚えがあった。

「咳などの病気の特効薬って書いてあるよ。私この葉っぱ、森で見たことある！」

頬杖をついて、レイはページをめくりながらおざなりに答える。

「薬の材料になるっつっても、難しい加工とか俺らでできるわけないだろ」

「でも、スープに入れて飲んだりすればいいみたいだよ。あ……でもだめだ」

続きを読んでいたエマは、顔を曇らせた。

「この花、夜にしか咲かないんだって」

がっくりと肩を落としたエマの手元から、レイが本を引き寄せる。民間療法レベルだが、確かに昔からこの花は肺の病気の治療に使われてきたようだ。乾燥させた花びらをそのまま料理に入れて摂取《せっしゅ》すればいいようだし、粉にしたり成分だけ抽出《ちゅうしゅつ》したりといった専門的な工程がないならハウス《ここ》でも作れなくはない。

だが開花は夜の間だけ、と書かれていた。しかもその一晩の間に散ってしまうことが多いようだ。薬として稀少《きしょう》なのは、そういうわけなのだろう。レイは眉根《まゆね》を寄せて顎《あご》に手をやる。

「開花時期は、ちょうど今なんだけどな……」

「ママが、夜にハウスを出て森に行く、なんて許してくれるわけないよね」

うーん、と唸《うな》って、エマは椅子を後ろに傾け天を仰《あお》ぐ。昼間にも咲いていれば、今からでも取りに行けるのにと歯ぎしりする。

「こっちのが、まだ用意できそうじゃね？　効果はそこまでじゃねーかもだけど」

レイが向かいから本を回す。手に取ってエマは、ぱっと顔を晴れやかにした。

「これいいかも！」

熱や咳など、症状に合わせて効く食材が書かれている。レイが開いたページには蜂蜜《はちみつ》やレモンを使ったドリンクのレシピが載《の》っており、これならハウスにあるものでも代用して作れそうだった。

「これ作って、ノーマンに持っていこう」

「入るなってママに言われてたろ」

呆《あき》れたレイに諫《いさ》められ、エマはうつむいた。

「でも……できれば直接渡したいんだ。私まだ、ノーマンにごめんって言えてないから」

気にするなと言われても、面と向かって謝らなければ気が済まないのだろう。エマの姿を見ていたレイは、大きく息を吐き出した。

「わかった。今日の夕食後、食堂にママを引き留めておくから、その間に持ってけよ」

「ありがとうレイ！」

作り方の載った本を抱え、エマはさっそく一階の食堂へと下りていった。


夕食後、エマは廊下に人の姿がないのを確認して、医務室の扉へ近づいた。

片手には温かいマグカップを持っており、中から甘酸《あまず》っぱい香りが漂《ただよ》っていた。

蜂蜜とマーマレード、それから保存用のジンジャーパウダーをお湯でといたものだ。作るのは簡単だが、イザベラに気づかれないように用意するのは緊張した。

（今のうちに……）

レイがイザベラを食堂に引き留めておいてくれる間に、ノーマンに会うつもりだった。長居はできないが、顔を見て一言謝ればそれで良かった。エマはドアノブをひねり、そっと扉を押す。

「ノーマン……大丈夫？」

細く開けたドアから、中へ声をかける。カーテンの向こうから、ゴホ、ゴホッと咳をするのが聞こえてきたが、返事はなかった。

「ノーマン？　寝てるの？」

エマはカーテンを少し開けた。

ノーマンは、口に酸素のマスクをつけて目を閉じていた。黒いボンベに、銀色の機械が取りつけられ、チューブが伸びている。袖《そで》をまくった腕には、点滴が繋《つな》がっていた。

エマの手から、カップが落ちた。幸いカップは割れなかったが、足元に温かな中身が散らばった。だが自分の靴が濡れたことなど、今は気にしていられなかった。

エマは目の前のノーマンの姿に、絶句した。

いつもの風邪とは明らかに異なる処置に、一目見て容態《ようだい》が悪いのはわかる。

エマは一歩、枕元へ近づき、ノーマンを見下ろした。

（ママがあんなふうに言ったのは……）

「話せるような、状態じゃないってことだったんだ……」

ベッドの横にしゃがみ、シーツに額《ひたい》を押し当てた。洗いたての匂いのするリネンをぎゅっと握り、絞り出すように呟《つぶや》いた。

「ノーマン、ごめん」

心のどこかで、レイの言葉通りいつもの風邪だと思っていた。いつものように、医務室に忍び込んだ自分を、ノーマンが『来ちゃだめだよ』と笑いながら叱ってくれると思っていた。

（こんなに、悪かったなんて……）

エマは顔を上げ、ノーマンの手を握った。その指先は不安になるほど冷たかった。枕に頭を預けたまま、ノーマンは咳き込む。

「……何か、私にできること……」

ただの風邪なら蜂蜜入りのドリンク程度でも効果があるかもしれない。だがこんな状態では、まともに口にすることすらできないのではないだろうか。

その時になってようやくエマは、床を汚していることに気がついた。気づけば5分が過ぎている。廊下に足音が響き、エマは我に返った。

（ママが来ちゃう！）

棚のタオルで慌ただしく床を拭《ふ》くと、エマはコップを持って奥のベッドに隠れた。

数秒後に、医務室のドアが開いた。

中に入ったイザベラは、室内に微《かす》かに柑橘《かんきつ》類の香りが広がっていることに眉をひそめた。

周囲に視線をやろうとした時、ベッドの上のノーマンが激しく咳き込んだ。カーテンを開け、イザベラは中へ入った。体温や血圧を測ると、聴診器を胸に押し当てた。

奥のベッドの陰にうずくまったまま、エマは身じろぎ一つせずイザベラが立ち去るのを待っていた。隠れたエマにその姿は見えない。物音だけが聞こえてくる。毛布を掛け直す衣擦《きぬず》れの音の後、イザベラは静かに息を吐き出した。溜息みたいだ、と思ったエマは、続いた言葉に凍りついた。

「……長くないかもしれないわね」

え、と思わず声が漏《も》れかけた。慌ててその声を飲み込む。だが声を抑《おさ》えても心臓の音が外まで響いてしまうのではないかと思うほど、大きく脈打っていた。

ドアの開閉する音の後、足音が廊下を遠ざかっていく。

医務室にイザベラの姿がなくなってからも、エマはすぐに動くことはできなかった。

（今……ママは）

何と言った。エマは自分の聞いた言葉が信じられなかった。だが決して聞き間違いなどではない。立ち上がったエマは、カーテンの隙間《すきま》からベッドに横たわるノーマンを見た。その瞼はぴたりと閉じられ、苦しげな咳を繰り返している。

「ノーマンが……」

エマは溢《あふ》れかけるものを、震えながら堪《こら》えた。口を押さえる。

まだ泣きたくなかった。泣けば本当になってしまうような気がする。

まだきっと、ノーマンを助けるための方法が何かあるはずだ。真っ白になりそうな頭を叱咤《しった》して、エマは考えた。

何か、必ず――。

ふと、図書室で見た花の挿絵が浮かんだ。

「あの花だ……」

肺の病気に効く、特別な薬草。イザベラが匙《さじ》を投げた現状で、そんな花がどこまで効果があるのかわからなかったが、このまま諦めてしまうのは嫌だった。

生えていた場所は覚えている。だが採《と》りに行くのは真夜中の森だ。夜に外へ出ること、まして森へなど、許されるわけがない。（ママの助けは、借りられない……）息を吸い込み、エマは震えを殺して決然と呟く。

「ノーマン、待ってて」

エマは医務室を出ると、図書室へ向かって階段を駆け上がっていった。

消灯後、エマは音を立てないようにベッドを抜け出した。服を着替え、スリッパからブーツに履《は》き替《か》えると、薄い光を頼りに一階へ下りる。

「よし」

カンテラを持ち出し、明かりを灯《とも》す。自分の周《まわ》りが、淡《あわ》く橙色《だいだいいろ》に染まった。

カンテラを持って、エマは玄関の前に立った。

ドアノブに手をかけた瞬間、背後から鋭い声がかかった。

「エマ、何してるの」

思わず身をすくませたエマは、唾《つば》を飲み込み、そっと後ろを振り向いた。

そこには、燭台《しょくだい》を持ってイザベラが立っていた。

手元の明かりに照らされて、イザベラの表情は見たこともないほど冷ややかに映る。

見つかったら、怒られることは百も承知だ。その迫力に一瞬怯《ひる》んだエマだったが、もとより覚悟の上だ。エマはイザベラに真っすぐに向き直った。

「ママ、お願い！　ノーマンのために薬になる花を採ってきたいの！　夜にしか咲かない花なの、お願い」

エマの訴えは、イザベラにとっても想定外のものだった。イザベラは大きく目を瞠《みは》る。

「まさかエマ、夜の森に、一人で行くつもりだったの?」

「一人じゃないよ」

唐突に、階段の暗がりから声がかかった。

階段を下りてきたレイの姿が、燭台とカンテラの光に浮かび上がる。

「レイ? あなたまでどうして」

イザベラは眉をひそめた。レイは片手に、あの白い花が載っている薬草の本を携《たずさ》えていた。その本をイザベラに見せる。

「エマが採りに行こうとしてるのは、この花のこと。本当に夜にしか咲かないみたいなんだ。だから俺も一緒に行く。それならいいでしょ? ママ」

レイの申し出に、イザベラは怪訝《けげん》な表情のまま眉を寄せている。レイは畳《たた》みかけた。

「俺はノーマンのこと、大丈夫だろって言ったんだ。けどエマ全然納得しねーし、放っといたら勝手に一人で行きそうだったから」

レイの物言いに、イザベラはその言わんとすることを察した。ちらりとエマの方を見る。

エマは意志の強い瞳で、じっとイザベラを見上げていた。

「ママ……花の場所はわかってる。すぐに戻ってくるから」

「エマ、ノーマンはもう良くなるわ。確かにまだ咳は出てるから、この薬が必要ないとは言わないけれど、危険を冒《おか》してまで採りに行くことないわ」

こういう時の聞き分けのなさではハウス歴代一番と言ってもいいエマに、イザベラは困り果てた顔で説明した。

果たしてエマは、静かに、けれど頑《かたく》なに首を振る。

「私まだ、ノーマンに……病気にさせちゃったこと謝れてない」

あの日、ノーマンは雨の中ハンカチを探してくれた。それなら今夜は、自分がノーマンのために夜の森へ特効薬となる花を探しに行きたかった。

「ママ、お願い」

「摘《つ》んだらすぐに戻ってくるから」

二人を見比べた後、イザベラは諦めて大きく嘆息した。

「わかったわ。でも真夜中――12時までには必ず帰ってきなさい。もし花が見つからなくても」

「ありがとうママ!!」

「それと、いつも言っているけれど『柵《さく》』より向こうに行ってはだめよ。危ないと思ったらすぐ引き返すこと。慣れている森の中でも、夜は危ないからね」

「わかった！　ありがとう、行ってきます！」

エマは靴紐《くつひも》を結び直すと、カンテラを持って玄関を飛び出した。

「レイ、頼んだわよ」

イザベラがレイの肩に触れる。レイは無言のまま頷き、イザベラを振り返った。

「俺は、エマが言うみたいにあんな花で治るとは思ってない」

「？」

「でも何もしないでじっとしてるよりはずっといい。ノーマンに回復してほしいと思ってるのは、ママだって同じだろ？」

「ええ……そうだけど」

訝《いぶか》しむイザベラを残し、レイはカンテラを揺らして玄関を出た。


勢いよく外へ出たエマだったが、ハウスの明かりが遠ざかると夜の暗さに怯んだ。灯した二つのカンテラの光だけが、頼りなげに自分の足元と、レイの姿を浮かび上がらせる。

「エマ、大丈夫か」

慣れない暗闇《くらやみ》にたじろいだエマの内心を察したように、レイが後ろから声をかけた。エマは恐怖を振り払った。

「うん。大丈夫。生えてる場所はわかってる。行こ！」

今日に限って、空は曇りだ。月も星も夜空には見つけられない。カンテラの小さな光を頼りに、エマは庭を駆け抜け、森に入った。

走りながら、レイがエマに話しかける。

「マジで、ママは『長くない』って言ったんだな？」

「うん……。だから絶対に、間に合わせないと」

医務室を出た後、エマは図書室からあの薬草の本を持ってきた。そこでレイに呼び止められた。

医務室侵入の首尾を尋ねたレイに、エマはノーマンの容態が普通ではないこと、そしてイザベラの口から『長くない』の言葉を聞いたことを伝えた。

そしてノーマンのために、あの花を採りに行くつもりだと話した。

当然レイには反対されると思っていた。

無茶だ、ママに任せて諦めろと、また言われると思っていた。だがレイは迷いなく、すぐに言い返した。

『なんで一人で行く前提で話してんだよ』

エマは本を抱えたまま、思わず声を漏らして笑った。

『レイ、ありがとう。本当は一人で行くの、ちょっと不安だったんだ』

エマは今、すぐそばをレイが走っていてくれて本当に良かったと思った。

森の中に入れば、枝に遮《さえぎ》られて光はますます届きにくくなった。圧倒的な暗さの前では、手元の明かりは自分の足元を照らすだけで精一杯だ。いくら慣れた場所とは言え、歩を緩《ゆる》めざるを得なかった。バサバサと何かが動く物音がすぐ近くで聞こえた。思わずエマはカンテラを向ける。何もいない。

生まれて初めて踏み込んだ夜の森は、見知らぬ場所のようだった。

（怖い……けど）

エマは、医務室のノーマンのことを思った。もしこのまま、本当にノーマンが助からなかったら――。頭に浮かんだ、その暗い未来を振り払う。

（ノーマンが死んじゃう方がずっと怖い……!!）

目印になる木や岩を辿《たど》って、エマ達は目的地に着いた。森のかなり奥だ。もう少し行けば、『柵』が現れる。

だがそこに、花は見当たらなかった。

「おかしいな。ここのはずなのに」

カンテラで地面を照らし、エマは目を凝《こ》らす。同じようにして、レイも木の根元や草の陰を探した。

「どうしよう。なくなっちゃった……」

場所を間違えているのだろうか。エマはカンテラを持ち上げ、周囲の木の形を確認する。位置は合っている。数日の間に、枯れてしまったのだろうか。

「本当にここなのか？」

「うん、間違いない。レイ、私もう少し先まで行ってみる」

「わかった。けどお互いの明かりが見える範囲で移動するぞ」

返事をして、エマは駆け出した。茂みを回り込み、小さな崖《がけ》のようになっている斜面を注意して下りようとした。大きな石に足を乗せる。体重をかけたその瞬間、その石は下へ崩れた。

「あッ！……っつぅ」

音と声とを聞きつけて、すぐにレイが駆けつける。頭上から降ってくる光に、エマは顔を向けた。

「エマ！　大丈夫か？」

「うん、足元の石が崩れて」

エマが転んでいる斜面の下へ、レイも慎重《しんちょう》に下りていく。起き上がったエマは、土で汚れた服を払おうとして、持ち上げた右手がざっくりと切れていることに気がついた。転がって手をついた時に、石で切ったようだ。

「血が出てる。けっこう深いぞ」

「……大丈夫。早く、探さないと」

エマはポケットからハンカチを出すと、広げてレイに差し出す。イニシャルの刺繍が入った、ノーマンが拾ってくれたハンカチだ。レイはカンテラを置いて、無言でエマの手をくるむときつく縛《しば》った。

「ありがとう」

エマは巻かれたハンカチを、そっと額に押し当てた。

「ノーマン……必ず見つけるから」

傷ついた手を握り締め、すぐに反対の手でカンテラを持ち上げた。痛むだろうに、弱音を吐《は》かず捜索を続けるエマの後ろ姿に、レイは思わず声をかけていた。

「なぁ、エマ」

続けて、その背に、レイは静かに尋ねた。

「なんで……そこまでするんだ」

ノーマンが死にそうになっている。苦しんでいる。それだけで何かをするのに他の理由は必要ではない。それはレイにもわかる。だからレイもここへ来たのだ。

だがエマを見ていると、それだけでは説明のつかない原動力があった。

レイは、エマのようにノーマンの死を危惧《きぐ》してはいなかった。イザベラがみすみすノーマンを死なせてしまうなんてことは絶対にない。どんな手を使ってでも〝最上物〟となる金の卵を生かすはずだ。

だが飼育場《ハウス》での治療が困難となったら、〝本部〟へ連れていかれてしまうのではないかと、レイはそれを危ぶんでいた。

自分の手の届かない範囲にノーマンが行ってしまう。何としてでもそれは阻《はば》みたかった。

(もしも、マジでノーマンが〝本部《びょういん》〟行きになっちまったら……)

レイは闇の中、驚いたように振り返るエマをじっと見つめ返した。

もし仮に、自分がハウスの真実を知らず、エマと同じ条件だったら——こんなふうに迷わず、わずかな可能性を求められるだろうか。

エマは澄んだ瞳を丸くする。自分を見つめるレイへ、こともなげに答えた。

「なんでって……だってノーマンを助けられるなら、私ができることは全部したいよ」

エマはすぐに地面に視線を戻し、再び手を動かし始める。探しながら、エマは言葉を続けた。

「私、いっつもノーマンに助けてもらってばっかりだもん。わかんないこと教えてくれたり、困ってる時に力になってくれたり、でもそれだけじゃなくて、もっと何だろう……見守ってくれてるっていうか」

エマは地面に視線を向けたまま、言葉を探す。それから顔を上げた。

「どんなことがあっても、絶対に味方してくれるって信じられる相手だから」

レイは、闇の中で浮かび上がるエマの姿を見返す。

たぶん、エマのそれは言葉にできる具体的な理由、などではないのだ。もっと感覚的な、本能的な信頼なのだ。

そしてそれは正しい。

ノーマンは、エマのためならどんな犠牲も払うだろう。無条件に、手放しでエマの味方をする。ノーマンがそれを言葉にして伝えていなくても、エマはそれを感じているから、ノーマンのために動く。

黙りこくっているレイに、エマは笑顔を向けた。

「もしレイが病気になっても、同じことをするよ、レイだってそうでしょ？」

同意する代わりに、レイはおもむろに口を開いた。

っている。

「……エマ、もしかしたら」

言いかけて、レイは口を噤《つぐ》んだ。もしノーマンの身に本当に危機が迫っているのだとしたら、行動を起こすべき時は今だ。だが今エマに〝真実〟を伝えても、〝脱獄〟は不可能だ。発信器も壊せないし、イザベラを騙《だま》すのも塀《へい》を越えるのも、今のエマでは能力的に劣っている。

（まだ、言えない……）

言葉を途切れさせたレイに、エマが不思議そうに首を傾《かし》げた。

「レイ？」

「いや……探そう。時間ねーよ」

捜索を再開したレイに、エマもそれ以上聞こうとはせず、頷き返した。

実際、与えられた時間は少ない。二人は範囲を拡大させながら、しらみ潰《つぶ》しに地面を見ていった。だが目的の花は見つけられない。歩くうちに、いつの間にか最初の場所へ戻ってきていた。

エマもレイも、草や土ですっかり汚れきっていた。くそ、とレイが悪態をついて手を拭《ぬぐ》う。ポケットから懐中時計を引っ張り出した。

「エマ、だめだ……もう引き返さないと12時までにハウスに戻れない」

時間の経過は、時計を見ていないエマにも感じられていた。焦燥《しょうそう》を滲ませて、エマはレイに言《い》い募《つの》る。

「でもレイ！」

「だめだ。残念だけど、ここまでだ」

エマの声を遮るように、レイは言いきった。レイもできることなら、まだ探していたかった。だが時間を守らなければイザベラに不用意な疑いをかけられる。

今回エマと行動をともにすることをイザベラが許可したのは、自分が忠実に仕事をこなすか試す意味もある。そうでなくても、時間が過ぎればイザベラが発信器を頼りに自分達を見つけ、連れ戻す。同じことなら諦めて時間通り戻った方がいい。

「そんな」

悔しそうに、エマは両手を握り締める。右手に走る鋭い痛みも、疲労も怖さも、今は吹き飛んでいた。

(あの花さえあれば、ノーマンの病気は、治るかもしれないのに……！)

自分はまた、何の役にも立てないのか。

「……ノーマン」

うつむいたエマは、自分の持つカンテラが、小さな白い花弁を照らしているのに気がついた。

「あ……」

エマは急いで膝を折り、光を近づけた。すぐにレイも駆け寄り、自分の持つ明かりを寄せた。

二つ分の光源に照らされて、探していた花は現れた。

「あった!!」

「よし!」

その花を、エマはそっと摘み取る。葉に隠れて、他にもいくつか白い花びらが開いている。今咲いているものを、エマは採れる限り摘んだ。

レイが片手の時計を見て叫ぶ。

「エマ、走るぞ」

「うん!」

体は疲れきっていたが、エマは傷ついた右手が握るその花があるだけで力強く走っていけた。嬉しさと安堵《あんど》で、涙が出そうになる。

(良かった)

これでノーマンも元気になるはずだ。エマは息を切らし、ハウスを目指して走った。

真夜中のハウスは、玄関にぽつんと一つ明かりが灯っていた。イザベラが持つ、カンテラの光だった。もう片手には懐中時計を持ち、深刻そうに見つめている。

「ママ！」

叫んだエマに、イザベラは笑顔になり駆け寄って抱き締めた。

「はぁ……心配したわ。二人とも、ギリギリよ？　……あらエマ、その手！」

イザベラは、ハンカチを巻きつけたエマの右手が赤く染まっているのに気づいて叫び声を上げた。

「大丈夫、平気。それより早く、ノーマンにこれを」

エマが差し出した花を見て、イザベラは何かに気づいたようにさっと顔を曇らせた。

「……二人とも、とにかく中に入りなさい」

玄関を開けたイザベラに、エマは摘んできた薬草の花を持ったまま戸惑《とまど》う。後ろに立っているレイも、自分とエマのカンテラの火を消しながら、怪訝そうな表情で見守る。

「ママ、早くこれを、ノーマンに」

「エマ……残念だけど、これは、その花じゃないわ」

エマの前で膝をついたイザベラは、落ち着いた声でそう言った。ずっと握っていたせいで、しなびてきている花を、エマは見下ろした。

「え……？」

「そんな、嘘《うそ》だ」

噛みつくように、レイがエマの前に出る。首を振って、イザベラは玄関に置かれたままになっていた本を開いた。レイはひったくるように本を奪うと、エマが見つけた花と見比べた。

確かに葉はそっくりだ。だが花は微妙に違う。花びらの大きさや形が、明らかに異なっていた。花を持ったまま言葉を失っているエマに、イザベラはそっと手を伸ばした。

「……とにかく、その傷の手当てをしましょう。レイも着替えないと」

きつく奥歯を噛んでいたエマは、何かを振り払うかのように顔を上げた。その瞳にはまだ諦めは映っていなかった。

「私、もう一度、探してくる‼」

玄関ドアに飛びついたエマに、レイもすぐさま置いていたカンテラを再び手に取った。

「待ちなさい、エマ！　レイ！　もうノーマンは」

制止したイザベラの言葉に、エマとレイとが振り返った。

「薬はいらないのよ」

イザベラは静かにそう言った。扉を開けたままの姿勢で、エマはイザベラを見つめ返す。

「それって……」

考える間もなく、エマは弾《はじ》かれたように玄関から医務室へ走っていった。ドアノブに飛びつく。

「ノーマン!」

エマの視界に、カーテンの開いたベッドが飛び込んでくる。その中には、誰もいなかった。処置用の器具は片づけられ、数刻前までそこに眠っていた人の姿はない。がらんとしたベッドに、嫌な想像がエマの頭を埋めた。

まさか、間に合わなかったなんて。

(嘘だ、そんな……っ)

エマはイザベラの元へ行こうと、踵《きびす》を返して医務室を飛び出した。

「!!」

扉のすぐ前に立っていた誰かに、エマは勢いよくぶつかった。倒れそうになるエマをその相手が支える。

「っと、……エマ? 大丈夫?」

久しぶりに聞く声に、エマは顔を上げた。

「ノーマン……?」

目の前に、パジャマ姿のノーマンが立っていた。まだ顔色は悪く声も掠《かす》れていたが、今はしっかりと二本の足で立っている。

「どうしたの？　こんな夜中に、泥だらけで……。あっ、怪我《けが》まで！」

ノーマンは驚いて、エマの右手を取った。放心したように、エマは目の前に立っている元気なノーマンを見返す。

「ノーマンが、生きてる」

「え？」

聞き返したノーマンは、エマの顔を見てぎょっとした。

「う…、うっ……」

そのグリーンの瞳に、みるみる涙が満ちていく。溜まった涙はあっという間に決壊した。

「う、うぅ、良かったぁ〜!!」

「エ、エマ⁉」

しがみつくように抱き締められて、今度はノーマンの方が驚く番だ。エマの号泣に、追いかけてきたレイもイザベラも呆気《あっけ》に取られる。

泣きじゃくる背を撫で、ノーマンは混乱したまま聞いた。

「エマ？　どうしたの？」

「だ、だって、ノーマンが……っ、死んじゃうかも、って、思ってぇ！」

「ええっ？」

驚いているのは、ノーマンとイザベラだ。状況がわからず、ノーマンは助けを求めるようにレイへと視線を向けた。

「レ、レイ、これどういうこと？」

「ああ悪い……。俺もちょっと色々、読み間違えた……」

珍しくレイが、穴があったら入りたいとでも言うように顔を伏せているので、ノーマンはそれに対しても驚いた。

エマはようやく落ち着いてきたようで、しゃくり上げながらも涙を拭った。

「良かった、ノーマン……元気になって、ほんとに良かったぁ」

目元を赤くしたまま笑ったエマに、ノーマンはどうやら自分がずいぶん大病だと思われていたらしいと察する。

「エマ……」

実際、倒れた日はほとんど意識がなく呼吸をするのも苦しかった。だが点滴が効いて、さっき目覚めた時にはずいぶん体が楽になっていた。もうしばらくは医務室で寝起きすることになりそうだが、もちろん生死の境をさまようような状態ではない。

（そう言えば眠っている間に、エマの声を聞いたような……）

イザベラが呆れたように肩をすくめる。

「もう、ノーマンはすぐ治るって言ったのに。エマも早とちりね」

「だってママが、『長くないかもしれない』って言うから」

口走ってエマは「あ」と口を押さえた。レイが舌打ちするがもう遅い。その言葉を聞いて、イザベラは眉をつり上げた。

「エマ、やっぱり医務室に入っていたのね？」

「う……ごめんなさい」

身をすくませたエマに、イザベラは苦笑を浮かべて明かした。

「あれは、咳の症状が『長くないかもしれない』って言ったのよ。あの時にはもうほとんど治ってきてたの」

「なんだぁ……そうだったんだ」

「おかしいと思ったのよ。エマだって、さすがにたかが風邪で夜の森にまで行きたいなんて、言うわけないって。ましてレイまでなんて、ねぇ」

イザベラの視線に、レイは自分の言動を思い返し、苦々《にがにが》しく舌打ちする。

「え？　夜の森に？　どうして……それでエマ、怪我したの？」

ノーマンは交《か》わされる会話に、驚愕《きょうがく》する。夜にハウスの外に出るだけでも普通ではない。それを森まで行ってきた、なんて。

「ああ、そうだったわね。手当てをしないと」

イザベラは泣き止《なや》んだエマを、そのまま医務室へ入るよう促した。丸椅子に座らせ、右手のハンカチを外した。

「ひどい怪我だ……」

眉をひそめたノーマンに、エマはばつが悪そうに笑い返した。

「あのね、これを採ってきたんだ……」

エマは片手に握り締めていたものを、ノーマンに見せた。しなびた白い花だった。

「ノーマンの病気に効く薬草だと思って、採ってきたの。この花、夜にしか咲かなくて。でも……本当は違う花だったみたい」

間違えてたんだ、とエマは情けなさそうに笑う。手は探している途中で転んだのだと、つけ足すように話した。

「それじゃ」

ノーマンは驚いた顔のまま、エマの手を見る。手だけではない。膝や腕にも擦り傷やアザができ、白い服は泥だらけになっている。レイの服も同様に汚れていた。

「僕のために、夜の森まで行ってきたの……？」

傷を消毒して包帯を巻くと、イザベラは立ち上がってエマを撫でた。

「無茶ばかりするんだから。これからは絶対、夜に外へ行くなんて許可できないわね」

「……本当に、ごめんなさい」

素直に謝罪を口にしたエマに、イザベラは微笑《ほほえ》み、もう一度髪を撫でた。優しい声で、エマとレイとを労《ねぎら》う。

「もう遅いわ。二人ともシャワー浴びて着替えたら、すぐに休みなさい」

エマは手を濡らさないようにね、と言い添えて、イザベラは医務室を後にした。

「あー疲れた」

ふわぁっとレイは大きく伸びをして、医務室を出ていった。さすがのエマも疲れたようで、とろんとした顔で目をこすっている。

ノーマンは座っているエマのそばに、膝をついた。

「……ごめん。僕のために、こんな怪我」

元気になったはずだったのに暗い顔になったノーマンに、今度はエマがびっくりする番だ。自分がしたことなど、何でもないことのように勢いよく首を振った。

「ううん、ノーマンが元気になったから、それでもう全然いいの」

涙と土とで汚れた頰のまま、エマはにっこりと笑いかけた。単純だ、とレイなら笑うだろうが、その真っすぐさが、眩《まぶ》しく愛しい。

「エマ」

ノーマンはパジャマの袖で、エマの頰を拭った。

「ありがとう」

微笑んだノーマンは、けれどすぐに、真剣な目つきになった。

「でもお願いだ。無茶しないでほしい。僕のせいでエマに何かあったら、僕は自分を許せない」

ノーマンの言葉に、エマは一瞬きょとんとし、すぐに満面の笑みを浮かべた。

「うん、わかった」

返事をしたところで、医務室の外からレイの声が飛んできた。

「エマー、シャワー行けよー」

「えっ？　レイ早くない？」

椅子から飛び降り、エマが医務室を出ていく。

廊下を走っていくエマの後ろ姿を見つめ、ノーマンは小さく息を吐き出す。

「びっくりしたな……」

木から落ちても怪我をしても、不安なことがあっても悔しくても、エマは泣かない。そんなエマが大きな声を上げて涙を流した。

『ノーマンが……っ、死んじゃうかも、って、思ってぇ！』

自分が重たい病気だと思い込んでいたとしても、まさかエマがあんなふうに泣くと思わなかった。

「何がびっくりしたんだよ」

「うわっレイ」

突然真横からかけられた声に、ノーマンは飛び上がった。タオルで髪を拭くレイに、ノーマンは苦笑した。

「いや……エマ、泣いたりするんだって思って」

レイはタオルをかけた肩をすくめた。それから目線をそらす。

「もし、本当にお前が死んでたらさ」

「……縁起《えんぎ》でもないなぁ」

「エマは泣かなかっただろうよ」

レイはそれだけ言って、階段を上がっていった。ノーマンは一瞬意味がわからなかったが、すぐにその言葉の通りだと思った。

本当に自分が辛い時、絶望に打ちのめされた時、エマは歯を食いしばってそれを堪える。

彼女が涙を流すのは、いつも誰かのためだけだ。

強くて、不器用な、ただただ真っすぐに優しい女の子。

ノーマンはエマがぼろぼろになって摘んできた白い花を、そっと胸に押し当てた。

＊　＊　＊

目の前に、すっと何本かの白い花が差し出された。

「え？」

思い出と重なったその花は、よく見れば同じ白色なだけで全く別の花だ。スケッチブックを畳んだイベットが、その花を握って立っていた。

「ノーマンに、お祝いのお花！」

イベットはそう言って、ノーマンが書いていた手紙の上に花を置く。

「ありがとう」

「ノーマン、まだここでお手紙書いてるの？」

絵を描き終えたイベットはハウスの方へ戻るようだった。ノーマンは頷いた。

「うん。……あ、鉛筆借りてていいかな?」

左手に持ったそれを見せると、イベットは快《こころよ》く頷いた。

「みんな待ってると思うから、書き終わったら、早く戻ってきてね」

「うん、わかった。じゃあまたね」

ノーマンは手を振り、森を抜けていく妹を見送った。

遠く離れて見えなくなるその背に、ノーマンはこれから訪れる未来を思い、痛ましげに眉を寄せた。

〝真実〟を知ったら、イベットもきっと泣かせてしまうだろう。

あの時のエマのように――。

エマが、レイが、ハウスのみんなが、自分のことをどれだけ大切に想《おも》ってくれているかを知っているから、自分が死ぬことの恐怖よりも、彼らから〝自分〟を奪うことの方が辛かった。

あの時、レイが言った『もし本当にお前が死んでたら』という仮定が、現実になろうとしていた。

ノーマンは手紙の上に散らばった花の一つを取り上げる。

「エマ……ごめん」

自分が〝出荷〟された後、いっそあの時のようにエマが泣けたら良かった。

だが自分の〝計画〟がそれを許さない。

そもそも〝真実〟を知らない兄弟達にとっては、ハウスを旅立つことは新しい家族と暮らすことだ。屈託なく〝お祝い〟だと言って花を贈ったイベットがそう思っているように。

別れは寂しいがエマが泣けば奇妙に思う。

それにエマ自身が、涙を見せはしないだろう。

（泣いてしまった方が、きっと楽なんだろうけど……）

それでもノーマンは、たとえ涙すら追いつかないほど辛い道であっても、エマには生き残る未来を歩んでほしかった。

自分がハウスを去った後、どんなに辛く苦しい時間が流れたとしても。

エマなら、絶対に諦めないでいてくれる。

ノーマンは贈られた花を、そっとカーディガンのポケットに仕舞った。

あの時、傷だらけになってまで夜の森から花を摘んできたエマを思い返した。

この〝計画〟は、エマのその諦めず、堪《た》え抜《ぬ》く強さなくしては成功しない。エマに全幅の信頼を置けるから、自分はこの〝計画〟を立てたのだ。

「うん……よし」

ノーマンは紙面を撫でる。内容はこれでほとんど書き終えた。読み返そうとした画用紙の文字の上に、何かがひらりと落ちてくる。

花びらの残りかと思って払おうとしたノーマンは、その手を止めた。

「あ……」

それは、小さな鳥の羽根だった。

鳥籠《とりかご》の中《なか》のNER《ネル》

手の中の羽根を弄《もてあそ》び、ノーマンは懐《なつ》かしさに微笑《ほほえ》んだ。

以前、ハウスで小鳥を飼っていたことがあった。この森で傷ついた小鳥を助けたのだ。名づけたのは自分だ。こんな羽根を飾りに使って、エマと一緒にミサンガを作った。

それを、旅立つ姉に贈ったのだ。

「あ……」

ノーマンの中で気づかないままだった出来事が繋《つな》がった。思わず口を押さえた。この羽根が落ちてこなければ、もしかしたらずっと思い至らないままだったかもしれない。

(そうか、あの時レイは……)

エマが泣いた姿は知っている。だがレイの涙は、結局一度も見ることがなかった。

ノーマンは、これまで一緒に過ごしてきたレイの過去を想《おも》った。

涙を見せずにいるなど、考えればレイの方がずっとずっと困難なはずなのに。

一人だけ真実を知って、何もできないまま兄弟達を見送り続け、ママの番犬《スパイ》となって内側から仲間を見張る。

それはどれだけ、孤独な日々だったろうか。ノーマンは痛みを堪《こら》えるように目を伏せる。

昨夜聞かされたレイの真実は、衝撃的なものだった。

幼児期健忘《けんぼう》。健忘、などとあらためて名称にするまでもないような現象だ。物心つく前、生まれた時から3歳くらいまでの記憶がないことをそう呼ぶ。

誰にとっても当然の現象だが、レイにはそれが起こらなかった。

レイには、胎児《たいじ》の頃からの記憶があった。

ノーマンはずっと、どうやってレイがこのハウスの真実に辿《たど》り着《つ》いたのか、それだけがわからなかった。

つまりレイは、〝孤児院《このいえ》〟に来る前のことを覚えていたのだ。羊水《ようすい》の中で聞いた子守歌、生まれて目にした本部《そと》の様子《ようす》、そして、自分を見下ろす、鬼の姿を。

ハウスで生活するようになってから、自分の記憶と、目の前の『現実』との矛盾《むじゅん》に幼いレイは戸惑《とまど》った。文字が読めるようになって、ようやくここがどういうところであるのか理解したと、話していた。そして6歳の誕生日、レイはママの手下《スパイ》となる取り引きをした。

(どうしてもっと早く、そのことに気づけなかったのだろう……)

ノーマンは今しても仕方がないと思いつつ、過去の自分を責《せ》めた。普通に考えればハウスの正体も、レイの体質も、あまりに途方もない真実だ。たとえ不審に思う部分があったとしても、推理によって導き出せるものではない。

そう頭でわかっていても、ノーマンは悔しかった。

レイはずっと一人で戦ってきたのだ。

自分達二人を生かすため。

今だってレイは、レイ自身を犠牲にして脱獄を成功させる〝奥の手〟を隠している。今書いているのは、それを阻《はば》むための計画でもある。

(本当はきっと……)

もっと助けたかった兄弟もいたはずだ。いや、誰だってそう願う。見捨てたくなんてない。自分だけが助けられる状況にいたら、何もしないことの方が辛《つら》いに決まっている。けれど危険を冒《おか》せば、今まで見送ってきた兄弟達の命全てを無駄にすることになる。

極限の選択だ。

必ず勝てる。そう確信できる瞬間を、レイはただひたすら待ち続けた。

待って、待って、待ち続けて、ようやくその時がやってきたのだ。

(レイ、君は生きるべきだ)

ノーマンは祈るように胸の内で呟《つぶや》いた。

裏切ってきたという自責の念が、その命を軽んじるなら、なおさら生きてエマの――みんなの力になってほしい。誰も死んで償《つぐな》ってほしいなんて思わない。

やっと、みんなが同じ真実を知ることができたんじゃないか。

もう一人じゃない。

謝ることすらできずに、一人だけで戦ってきた日々は終わったのだ。

ノーマンはいつかのその横顔を思い返す。うつむくレイの顔には前髪がかかっていて、よく見えなかった。その髪を撫《な》でる手。

ノーマンは手の中の羽根を、吹いてきた風に預けた。羽根は空へと飛び立っていく。

あの時の小鳥のように。

自分は一度もレイの泣き顔を見たことがない。

けれどももしかしたら、あの時のレイは、泣いていたのかもしれない。

＊　＊　＊

ハウスの中から外に出ると同時に、明るい太陽が目を眩《くら》ませた。

「今日も天気いいねー！」

エマは手でひさしを作って、空を見上げた。立っているだけで汗が滲《にじ》みそうな気温だが、エマは夏が好きだった。空も森も自然の色全部がくっきりと鮮《あざ》やかで元気が出るし、誕生日がある季節でもある。エマは数日前に、9歳の誕生日を迎えた。

「エマ遊ぼー！」

「いいよ！　何して遊ぶ？」

集まってきた兄弟達が、エマの手を引く。トーマとラニオンがすかさず口を開いた。

「水遊びしたーい！」

「俺も俺も！」

今日のようにうんと暑い日、井戸の水を汲《く》んできてみんなで水遊びをしたのだ。全員ずぶ濡《ぬ》れになってはしゃいだ後、イザベラに見つかって叱《しか》られた。翌日は二日分になってしまった洗濯物を、みんな汗だくになって洗ったのだ。

「うーん」

エマにとっても水遊びの誘惑は強かったが、9歳になったのだし、ここは姉らしくびしっと言わねばと、口を開いた。

「やっぱり今日は……」

「水遊びはだめ！　服濡らすとまた洗濯大変だよ～？　今日は森で隠れんぼしようよ」

エマの後ろから、はきはきした声が飛んできた。

そう提案したのは、11歳のスーザンだった。ふわりと広がった長い髪が揺れ、涼しげな目元があらわになる。ハウスで最年長の姉の意見に、水遊び後の記憶が戻ってきた弟妹達《きょうだい》ははっと顔を強張《こわば》らせた。あの日の洗濯物は、昼食までに干しきれないかと思ったほどだ。

「隠れんぼにする!!」

「よーし、じゃあやる人集まってー！」

大きく手を上げたスーザンのそばに、近くにいた兄弟達がみんな駆け寄ってくる。エマはスーザンに声をかけた。

「スーザンありがとう！　私、もう少しで誘惑に負けるとこだったよ～」

「あはは、水遊びって楽しいし、こんだけ暑かったらやりたい気持ちもわかるけどね」

「スーザン、僕も入れて」

ノーマンが遊びの輪に加わる。スーザンは楽しそうに腕まくりした。

「お、エマとノーマンが加わるんなら本気でやらないと。……あれ？　レイは？」

二人の視線が、少し離れた木の根元へ向けられる。木《こ》陰《かげ》になったそこで、レイはいつものように一人本を読んでいた。スーザンは腰に手をやった。

「まーたレイ、あんなところに一人でいる」

スーザンは口に手をやって、読書するレイに呼びかけた。

「おーい、レイー！　おいでー！」

姉の呼び方に、レイは思わず顔を上げた。「…………俺は犬かよ」小声でぼやくと、再び本へ視線を落とした。

「レイのやつ……無視したな」

スーザンは呼んでも来ない弟に、眉間《みけん》にしわを刻《きざ》む。いつもなら見逃すところだが、今日は最終兵器を投入することにした。

「エマ、ゴー！」

「ラジャっ！」

姉の指示に、エマはレイの足元へ素早く駆け寄ると――その場にどさりと倒れ込んだ。

「遊ぼう遊ぼうレイも一緒に遊んでくれなきゃやだーッ！」

手足をばたつかせ、大声を上げるエマに、さすがのレイも読書を続行することはできなくなった。やけくそで本を閉じる。

「だああもうっ、わかった！　遊べばいいんだろ」

「わーい！　じゃあ今日はレイも一緒に隠れんぼだー！」

エマは、両手を上げて喝采《かっさい》する。レイは不機嫌《ふきげん》そうに立ち上がった。連れてこられたレイの背を、スーザンはばしっと景気良く叩《たた》く。

「って!!」

「一人減っちゃって寂《さび》しいのわかるけど、元気出しなさいよ！」

「元気だよ、別に」

叩かれた肩をさするレイに手を伸ばし、スーザンはその長い前髪をぐしゃぐしゃにする。

「嘘《うそ》つけ〜」

「やめろって！」

ぼさぼさになったレイの髪を見て、エマや他の子供達も吹き出した。

「じゃあ、数えるよー」

いーち、にーい、と言う声を後ろに聞きながら、全員散らばっていく。エマとレイ、ノーマンは森へ入っていった。

レイは木々の間から、目隠しして数を数えるスーザンを振り返った。

スーザンがこうやって無理矢理にでも遊びに加えようとするのは、毎回のことではない。

昨日《きのう》、ジミーがハウスを出ていった。

自分達の一つ年下で、ちょっと抜けたところもあるが明るい子だった。成績が伸びず、課題を教えてほしいと言われてレイも何度か勉強を見てやったことがあった。ゆっくり考えれば解ける問題が多く、勉強が苦手というよりは、回答に時間制限が設けられると慌《あわ》ててしまい途端に頭が真っ白になるタイプだった。「できてんじゃん」と言って正解している問題を示すと、ほっとしたように笑っていた。明日《あした》のテストはもっと頑張るよ！　と拳《こぶし》を固めていた。

レイは成績の低い順に出荷が続いていることを知っていた。

次の出荷は、こいつだろうなと思った。

「レイ！」

現実に引き戻したのは、エマの声だった。顔を上げると、前を走っているエマとノーマンが、手招きしている。

「もっと向こうまで行こうよ」

「んな遠くまで行くの、面倒。くそ暑いし。この辺でいいだろ」

「えー本気でやらないとスーザンすぐ見つけちゃうよ？」

エマの言葉は大袈裟《おおげさ》ではない。スーザンは運動神経も良ければ、頭の回転も速い。スーザンが鬼の時は、ノーマンでさえ油断はできなかった。

身体能力や頭脳も秀《ひい》でていたが、それ以上に彼女は周《まわ》りをよく見ていた。

誰がどんなふうに何を考えて動くか。遊びの時以外でも、兄弟達をよく観察しており、不調や悩みにはすぐ気がついた。

レイは自分の顔に触れた。

『元気出しなさいよ！』

取り立てて自分が、何か変化を表に出しているようには思えない。それとも自分でさえ気づかないような些細《ささい》な違いがあるのだろうか。

スーザンが自分を遊びに誘うのは、決まって誰かがハウスを出ていった後だ。何か感づいているのではと探ったこともあったが、姉の行動に変化はなかった。

スーザンは単純に、レイが寂しがっていると思っているようだった。

（お節介なんだよ……ったく）

足を止めたレイは、手近な茂みに近づいた。

「俺、ここでいいわ」

えー、とエマから上がったブーイングを無視して、レイは茂みの陰に膝《ひざ》をついて屈《かが》んだ。

だがその茂みには、先客がいた。

「……あ」

レイの声に、エマとノーマンも近寄った。

「どうしたの？」

レイは足元の茂みを指さす。二人は屈み込み、草の陰を見た。

そこに一羽の小鳥がいた。

まだ羽根が生え替わったばかりの、雛鳥《ひなどり》のようだった。鳥は驚いて飛び立とうとするが、羽根をばたつかせただけでまたすぐ動かなくなってしまった。

「逃げてかないね」

「怪我《けが》してるのかな？」

ノーマンは小鳥の様子を観察する。傷ついている部分はないが、少し弱っているようだ。

「助けてあげようよ！」

小鳥へ手を伸ばそうとするエマを、レイが制した。

「エマ、やめとけって。野生動物なんだし、そのままにしといた方がいい」

レイの言葉に、ノーマンも頷《うなず》いた。

「そうだね。近くに巣があったり、親鳥がいたりしないかな。まだ巣立ったばかりみたいだから」

一羽きりでいるように見えても、雛が鳴けばそこへ親鳥は戻ってきて餌《えさ》を与えることも多い。人間が手を出すことで、親が雛を見捨ててしまうケースもあるという。ノーマン達は頭上に視線をさまよわせたが、それらしい巣も他の鳥の姿もない。

「うーん、親鳥とか他の兄弟達も、見当たらないね」

「……この子、親とはぐれちゃったのかな」

エマはその小鳥に、自分達の境遇を重ね合わせた。

自分達は幼くして身寄りをなくし、このＧＦ《グレイス＝フィールド》ハウスへ連れてこられたと聞かされていた。本当の両親がどこの誰かもわからない。

エマは小鳥のつぶらな瞳と見つめ合う。

だが孤児とは言え、自分には優しいママも兄弟姉妹達もいる。だからエマにとっては寂しいと感じることもない幸せな生活だ。だがもし、自分が本当にひとりぼっちだったらどうだろうかと考える。親も兄弟も味方もいない。温かな居場所もない。

「やっぱりここに一人にしとけないよ」

考えれば考えるほど、エマの中に見捨てるという選択肢はなくなった。小鳥に手を伸ばすエマを、レイは諭《さと》す。

「拾ってってどうすんだよ。ハウスで飼うのか？　鳥籠《とりかご》で暮らすのはそいつにとって幸せなのか？」

「でも飛べないみたいだし、このままここにいたら死んじゃうかもしれないじゃん！」

「それもこいつの運命だろ」

冷淡に言い捨てるレイに、エマはもどかしげに鳥と友とを交互に見やる。さっさと立ち去ろうとしているレイの背に、エマはだんだん腹が立ってきた。森中に響くような大声で叫んだ。

「じゃあレイとここで出会ったのも、この子の運命だよ‼」

エマの主張に、レイは呆気《あっけ》に取られて振り向いた。やりとりを見守っていたノーマンが、思わず吹き出した。

「あはは、確かに。今回はエマの言うことも一理ある」

「……ノーマン」

苦虫《にがむし》を嚙《か》み潰《つぶ》した顔で、レイが裏切り者を見る。この二対一では、勝ち目がなかった。

「おいで」

手を差し出したエマに、小鳥は最初警戒していたが、おとなしくその手の中に捕まった。逃げる力が残っていなかったからかもしれない。

「ふふ、可愛《かわい》い」

手のひらの中の温かさに、エマは顔をほころばせた。

「あれ？　ちょっと三人とも、隠れてないじゃん。どうしたの？」

探しに来た鬼役のスーザンは、一番の難敵である三人が揃《そろ》って出てきたのを見て、驚く。

エマは手を揺らさないように、スーザンに近づいた。

「スーザン、見て。鳥がいて」

エマの手の中にいる小鳥を見て、スーザンは目を丸くした。

「ほんとだ！　どうしたの？」

隠れていた他の子達も、騒ぎを聞きつけて一人また一人と集まってくる。

「エマ、何持ってるの？」

「わぁっ鳥だ！」

「捕まえたの？」

「ううん、弱ってるみたいで。飛べないの」

「見せて見せて！」

「ハウスで飼えるか、ママに聞いてみようぜ」

イザベラは、小さな子達と一緒に花壇の花に水をやっていた。エマが持ってきた小鳥を見て最初は驚いた様子だったが、すぐに普段通りの笑《え》みになった。

「ねぇママ、飼ってもいい？」

「そうね。でも、ちゃんと世話するのよ？　物置に鳥籠が仕舞《しま》ってあったはずだから、出してくるわ」

待っている間、スーザンはエマ達三人を振り返って人指《ひとさ》し指を立てた。

「じゃあ、小鳥の世話は拾ってきた三人が責任を持ってやること！」

スーザンの宣言に、周りからはちょっと残念そうな声が上がったものの、エマは元気よく返事をした。ノーマンも頷く。

一人だけ、憤慨《ふんがい》して聞き返した。

「ハァッ!?」

すでに輪から外《はず》れているレイは訴える。

「俺は関係ないだろ！」

「でもレイが一番に見つけたんだよ」

エマがレイの方を見る。隣にやってきて、ノーマンがその肩に手を置いた。

「レイ、諦《あきら》めた方がいいよ」

「うう、くそ……」

渋々遊びに加わったら、とんだ面倒事に巻き込まれてしまった。レイは呻《うめ》いて額《ひたい》を押さえる。

届いた鳥籠に、保護された小鳥が移された。ノーマンの意見で、鳥籠は二階の廊下に台を置いて、そこを定位置とすることになった。籠の下に紙を敷いたり水や餌入れを用意したりしているうちに、最初は興味津々《しんしん》だった年少組は地味な作業に飽きて別の遊びをし始めた。年上の兄姉達《きょうだい》も、大勢いても仕方ないだろうと、離れていった。

鳥籠の前には、世話係に任命された三人だけが残った。

「まずは」

エマは鳥籠を見つめて、重大そうに告げる。

「この子に名前つけないと！」

「……はぁ。名前」

「何がいいかな？　みんなから大募集する？」

全《まった》く乗り気ではないレイを、エマがつつく。

「ねぇ、レイは何がいいと思う？」

「トリ」

「真面目《まじめ》に考えてよ！」

「あーパス。ノーマン」

初めから考えるつもりのないレイは、隣に立つノーマンへ回した。苦笑して、ノーマンは顎《あご》に手をやる。

「うーん。じゃあレイとエマ、それから僕の名前の頭文字を取って、ＮＥＲ《ネル》っていうのはどうかな？」

「わぁ、それすごくいい！」

ノーマンの命名に、エマが顔を輝かせて手を打ち合わせた。

「レイは？　ネルってどう？」

「何でもいいって……」

「じゃあ、小鳥の名前はみんなから一文字ずつ取って、ネルに決定！」

エマは嬉《うれ》しそうに小鳥に声をかける。

「ネルー、早く元気になってね」

満悦《まんえつ》しているエマの背を、ノーマンが指先でつつく。

「それよりエマ、この小鳥のこともっと調べた方がいいんじゃないかな」

「だな。名前つける前に、種類特定しろよ」

「う……確かに」

「つっても、この辺にいるこのサイズの鳥なんて限られるから。コマドリの雛とかじゃね？」

レイは最初の印象のままそう告げた。籠に引っついていたエマが、すっくと立ち上がる。

「よし、じゃあネルのこと、もっと調べようよ」

その後ろをさりげなく通り過ぎようとしていたレイを、エマががしりと捕まえる。レイは嘆息した。

「…………やっぱそうなるよな」

逃げきることはできず、エマに引きずられるまま図書室へ連れていかれた。

鳥の図鑑は何冊か見つかった。絵やサイズと照らし合わせ、ネルが何という鳥であるのか探し当てる。レイが言っていたように、コマドリの一種のようだ。だが一般的なこの種の色と比べるとネルの羽根は尾羽が青みがかっている。この辺《あた》りを飛んでいる小鳥では、あまり見かけない色合いだった。

自由時間の終わりには、スーザンが様子を見にハウスの中へ戻ってきた。

「小鳥はどう？」

エマはスーザンに駆け寄って報告した。

「ネルって名前にしたの！　ノーマンがつけたんだよ、三人の頭文字を取って」

「へぇ、面白《おもしろ》いね！　可愛いし」

名前を気に入ってもらえて、エマは自分で名づけたように胸を張った。スーザンは鳥籠の中を確かめる。

「うーん、水は飲んでるけど、入れたパンくずはあんまり食べてないみたいだね」

「えーっと、餌はね」

エマは持ってきた図鑑を開き、食べ物の項目を読み上げた。

「ミミズ」

「え……っ」

濁点のついた声が、スーザンの喉《のど》から漏《も》れ出《で》る。姉の顔色が変わったことに気づかず、エマが続けた。

「後は小さい昆虫とか、だって。あ、木の実も食べるみたい」

「そう……木の実ならなんとか……」

青ざめているスーザンの横で、ノーマンも腕組みする。

「うーん、ミミズかぁ……」

「私、心当たりあるよ！」

「ミミズにか？」

怪訝《けげん》そうなレイに、エマは頼もしく親指を立てると、玄関から外へ出た。イザベラが花壇で使うために置いてあったスコップを取ると、躊躇《ちゅうちょ》なくまだ花の植えられていない土を掘り返していった。

数分後、エマはジャムの空瓶《あきびん》を抱《かか》えて戻ってきた。それを得意そうにスーザンに見せる。

「ほら、いっぱい捕れたよ！」

「ひぃぃっ!!」

エマの瓶の中身は、スーザンでなくても悲鳴を上げるビジュアルだった。うにょうにょと、立派なミミズ達が瓶の中で動き回っている。

「エマー!! それ、大きすぎるし多すぎるでしょー！」

「えっ、だってネルがお腹空《なかす》いちゃうかもって……」

「持ってこっちに来るな〜っ!!」

震え上がって逃げ出したスーザンは、レイの肩を掴《つか》む。

「レイ！ レイ、なんとかして！」

「なんで俺なんだよっ！」

「……スーザン、虫苦手だったよね、そう言えば」

レイを盾《たて》にしてエマが持つ瓶詰めのミミズ達を見ないようにしているスーザンに、ノーマンが苦笑を浮かべる。頭も良くて運動神経もいい姉の、意外な弱点だった。

こうしてハウスで保護された小鳥――ネルは三人で世話をすることとなった。

毎日餌を換え（スーザンによってミミズは断固反対された。そのためイザベラのアドバイスで、穀類《こくるい》を潰したすり餌《え》が用意された）、汚れたままにならないよう、籠の中を掃除した。ノーマンはノートを用意し、それにネルの餌の減り方やフンの状態など、できるだけ細《こま》かく記録をつけていった。三人以外の兄弟達ももちろんネルを可愛がり、朝起きた時と夜寝る前には必ず様子を見に来ていた。

鳥籠には、ギルダとアンナが作ったネームプレートが取りつけられた。『ＮＥＲ』の文字を可愛らしい羽根の模様が縁取《ふちど》っている。

「だいぶ元気になってきたよね」

「うん。でもまだ飛ぶのは難しそう」

数日の内に、ネルはすっかり元気になった。高い声でさえずって、時折鳥籠の中で羽ばたいているが、すぐに着地してしまう。

完全に飛べるようになったら、また森へ帰れるかも、と、みんなで話していた頃だった。

「急な出荷予定が入ったわ」

消灯後の食料庫で、レイはイザベラからその報告を受けた。

「……先週、出荷したばっかだろ」

レイは眉《まゆ》をひそめた。朗《ほが》らかに笑う、ジミーの顔が刹那《せつな》に浮かぶ。定例出荷は２か月ごとだ。こんな短い間隔《スパン》で、立て続けに出荷になることはまずない。異例だ。

イザベラはわざとらしく溜息《ためいき》をついた。

「私だって驚いているわ。けれど本部《うえ》からの指示だもの」

従わないわけにはいかないでしょう？　そう薄く笑って囁《ささや》いたイザベラの双眸《そうぼう》は、冷ややかだった。

「それで？」

イザベラの口上を遮《さえぎ》るように、無感情にレイが尋ねた。特例の出荷について非難しても意味がないのはわかっている。そんな話を続けるよりも、聞いておかねばならないことがある。〝それで、誰？〟――急な出荷と聞かされた瞬間から、レイの頭の中には年齢と成績を並べたリストが浮かんでいた。あいつか、あいつ。あるいは、あいつ。そんなふうに残酷《ざんこく》に推測した候補が並ぶ。

だがイザベラの挙げた名は、レイの予想を裏切った。

「次の出荷は、スーザンよ」

壁にもたれていたレイは、ゆっくりと顔を上げた。

冷然と微笑むイザベラと目が合う。

「どうかした？」

「別に」

「12歳で出荷すると思っていた?」

レイの思考を読み、イザベラは間髪入《かんはつい》れずそう言った。不愉快そうにレイは一瞬眉を寄せるが、すぐにいつもの皮肉な笑みを取り戻した。

「いいの? 完璧《かんぺき》な商品として出荷できるチャンスだったのに」

「ええ。私も本当ならそうしたかったわ」

イザベラは大母様《グランマ》とのやりとりを思い返す。

『第4飼育場《プラント》で出荷予定だった上物の商品に、問題が発生しました。現在同等の品は、あなたの飼育場でしか用意できないわ。すぐに出荷の準備をしてちょうだい』

この第3飼育場《プラント》で、レイの世代を除く上物となると、スーザン以外該当《がいとう》しなかった。イザベラとしても、優秀な子供はできるだけ満期出荷を目指《めざ》して完璧な商品として仕上げたかったが、本部からの要求を無視することはできない。

イザベラは棚に置いていたカンテラを取った。光源が動き、イザベラの風貌《ふうぼう》を複雑に照らし出す。

「万に一つもないとは思うけれど、スーザンは頭がいい子だから、何かおかしな動きがないかしっかりと見張っておいてね」

ああ、とレイはおざなりな返事をして食料庫を出た。

廊下を進み、階段に足をかける。次誰が〝鬼〟の犠牲になるのか、自分が見殺しにするのか聞いた後は、いつも血の気が引くような気分の悪さを覚えていた。それも慣れたつもりだった。

（は……何が、慣れたつもりだよ……）

レイは口の端を歪《ゆが》め、自嘲《じちょう》した。

スーザンがいなくなる。これから先は誰も〝出荷〟の次の日に、声をかけたり遊びに誘ったりしてくれなくなるんだと思った。

エマとノーマンはもちろんいる。二人はいつでも、そっけない自分を遊びに加えようとしてくれる。

だが自分でも気づかないような、微《かす》かな感情を察知していたのは、スーザンだけだった。

自分は、自分が思う以上に、あのお節介に救われていたのだ。

レイは階段の途中で立ち止まった。これ以上、足を上げるのに疲れてしまったとでも言うように。

（わかってる……）

もう何度も思い知らされたはずだ。救える命は限られている。今もしスーザンをハウスに残そうと思ったら、エマかノーマンが出荷される。それだけはできない。

誰も彼も救うなんてことは不可能なのだ。選ぶしかない。

レイは手すりを握る手に、力を込めた。重たい足を引き上げ、一歩ずつ階段を上がる。

（今じゃないんだ……）

今はまだ、その時じゃない。

最善の形で条件が揃うまで、下手《へた》な動きはできない。もし万が一、自分の〝計画〟がバレることがあれば、全てが無駄になる。

階段を上がりきったところで、しんとした廊下に羽音が響いた。一瞬レイはびくりと肩を跳《は》ねさせたが、すぐにその正体に思い至った。

半分布をかぶせてある鳥籠の中、レイの気配に目覚めたネルが、ばたばたと羽根を打ち鳴らした。

レイは籠のそばに近づいていった。コマドリはもともと野生でも人懐っこい性質の鳥だ。レイが何かくれるのかと思って、ネルは乏《とぼ》しい明かりを頼りに近づいてくる。

「馬鹿だな……」

レイは口の中で囁いた。

目の前の人間が自分を閉じ込めている張本人だとも知らず、籠の中で美味《おい》しい餌を与えられている。自由を奪われていることにも気づかず、仮初《かりそ》めの平和な暮らしだけ信じて生きているのだ。

まるで、俺達みたいだ。

レイは鳥籠の扉に手をかけた。

「レイ！」

鋭く呼ばれた自分の名前に、レイは今度こそ息を呑《の》んで驚いた。振り向いた先には、スーザンがいた。ネルが立てた音で起きたのか手洗いに行こうとして偶然起きてきたのかわからないが、部屋を出たところに彼女は立っていた。

その姿を見て、レイの頭にほんの一瞬前の思考が蘇《よみがえ》った。

切り捨てるしかない。見殺しにするしかない。

「何してるの？」

「別に……」

咎《とが》める視線に、レイは思わず顔を背《そむ》けた。スーザンは近づいてきて、レイが開けたままにしていた鳥籠の戸を閉めた。

「みんなが世話してるネルを、勝手に逃がそうとしてたじゃない！」

レイ、とスーザンは叱責《しっせき》する。

昔からそうだ。レイは奥歯を噛んで下を向いた。遊びに加わるのを断ったり、冷たい言葉を口にしたりすると、スーザンは手加減なく自分を叱った。

血の繋がった、本当の姉がいたら、きっとこんなふうだろうなとずっと思っていた。

言うな、と自制するのに、口は勝手に動いた。

「……こんなふうに」

レイはうつむき、前髪の中に目元を隠したまま呟いた。

「籠の中で生きるのが、こいつにとって幸せとは思えない」

え、とスーザンが眉をひそめる。

レイはそれだけ言うと、足早に部屋に入っていった。

次の日の夕食前に、イザベラは食堂に全員揃っていることを確かめてから口を開いた。

「スーザンに、いい知らせよ」

名前を呼ばれて、食器を並べ終えたスーザンはその手を止めた。イザベラが愛《いと》おしそうに微笑んだ。

「あなたの里親が決まったの」

「えっ！　ママ、ほんとに？」

スーザンは驚き口を押さえた。イザベラは明日《あす》の夜に発《た》つことになると告げる。スーザンの頬《ほお》が喜びと興奮で紅潮《こうちょう》する。

「わぁ……そうなんだ、私もとうとう新しい家族と外で暮らすんだ！」

いつかは自分の番が来る。そう思っていたが、いざその時が来るとスーザンの胸には嬉しさや感動と同時に、寂しさや不安も溢《あふ》れた。

「でも、そっか……みんなとは離れ離れになっちゃうね」

スーザンは食堂に集まっている弟妹達を見渡した。慕《した》う年下の子供達が、わっと彼女を取り囲む。

「スーザン！」

「私も寂しいよぉっ」

「お別れ寂しいけど、良かったね！　おめでとう！」

「スーザン、おめでとう〜」

「明日の夜まで、たくさん遊ぼうな！」

周りを囲み、抱きついてくる弟妹達をスーザンは抱《だ》き締《し》め返した。

「……とうとうスーザンもいなくなっちゃうんだね」

夕食後、エマとノーマンはネルの鳥籠を掃除していた。そのそばには、最後になるから一緒にやらせてほしいと、スーザンもいた。フンや抜けた羽根で汚れた紙を捨て、スーザンはエマの言葉に苦笑を浮かべた。

「私も実感ないよ。新しい家族なんて……ちゃんと本当の娘みたいに思ってもらえるかな?」

珍しく気弱になっているスーザンに、水入れを拭《ふ》いていたノーマンは朗らかに言った。

「スーザンなら新しい家に行っても、絶対愛されるよ」

「うん! 絶対」

力強く相槌《あいづち》を打ったエマに、スーザンは笑った。

「ありがとう。エマ、ノーマン」

それからスーザンは二階の廊下を見渡した。

「……レイは、来ないわね」

夜の掃除をするのは知っているはずだったが、姿を見せなかった。昨日の夜のことを、スーザンはずっと気にしていた。だが昼間はレイの方が彼女を避けて、顔を合わせないでいた。

スーザンは籠の中のネルへ視線を落とす。寄せた指先にネルは近づいてきて、ちょんちょんと可愛らしくくちばしでつついた。

「ハウスで飼うの、そんなに嫌だったのかな」

手を止め、エマとノーマンも考え込んだ。

「うーん……」

レイがネルを逃がそうとしていたことを、スーザンはノーマンとエマにだけ話していた。年上の自分が事情を聴くよりも親友二人の方が、レイが話しやすいのではないかと思ってのことだったが、レイは何も打ち明けていないようだった。

「レイってああ見えてさ」

スーザンは綺麗《きれい》になった鳥籠の中、さえずるネルを見つめた。

「里親が決まって誰かがハウスを出てった後って、元気ない気するんだよね。平気そうにしてるけど、本当は寂しいんじゃないかなって」

ノーマンとエマは顔を見合わせる。ずっと一緒にいる自分達でも、レイの様子に変化があるようには思えなかった。「逆に、レイが元気がある時って……？」エマは思わず呟いた。潑剌《はつらつ》と笑っているレイは、ちょっと怖い。

スーザンは肩をすくめた。

「ま、次は私だし、レイにとってはうるさい姉がいなくなって良かったって感じかもしんないけどさ」

「そんなことないよ」

すぐさま否定したエマを、スーザンはくすっと笑って幼い頃のように撫でた。

「あんた達二人がいてくれて、レイも良かったと思うよ」

スーザンは瞼《まぶた》を伏せる。

「いつかは、三人バラバラになっちゃうんだろうけどさ。ハウスを出ても、どこかで再会できたらいいよね」

スーザンと同い年だった兄姉達は、すでに全員がハウスを出ていっていた。別れの時には手を握り合って、抱き締め合って、『必ずまた会おうね』と約束していた。年が同じ同士は特別な絆《きずな》で結ばれていた。だがハウスを去った誰からも、その後の音沙汰《おとさた》はなかった。こちらから手紙を書いても、返事は一度も返ってこなかった。

普段は気丈《きじよう》にふるまっているスーザンだったが、心の中ではどこかで見捨てられたように感じていたのだろう。

寂しげに下を向いたスーザンの手に、エマは自分の手を重ねた。

「スーザンもだよ！」

その手を握り、エマは真っすぐにスーザンを見上げる。

「スーザンも、また会ってね！」

「手紙も書いてよ」

エマとノーマンの言葉に、スーザンは笑顔を取り戻す。さりげなく目尻を拭《ぬぐ》って、にっと歯を見せた。

「わかったわかった。書くよ。私は、出てったきりのみんなと違って、義理に篤《あつ》いからね？」

その言い方がおかしくて、エマは声を上げて笑った。

「ねぇ、それでさ……二人に相談なんだけど」

鳥籠の前に立ったスーザンは、あらたまった口調で切り出した。


朝日が昇ると、ハウスの中に起床を知らせる鐘《かね》が鳴り響いた。窓から今日も青空が覗《のぞ》く。

一斉《いっせい》に起き出した周りの賑《にぎ》やかな声の中で、スーザンは自分のベッドから下りながら、そっか、と思った。

（もう明日は、ここでみんなと起きることはないんだ……）

10年間の思い出が、スーザンの胸に去来する。だが朝の部屋で長く感傷に浸《ひた》ってはいられなかった。

「スーザン〜！　靴下がない！」

「ねぇ今、枕投げたの誰⁉」

「あーはいはい。これじゃない？　そこは朝からケンカしないの！」

いつも通りの朝の光景に、スーザンは苦笑した。自分も手早く身支度《みじたく》をすると、全員が身支度したのを確認して廊下へ出ていった。

すでに階下から、朝食の匂《にお》いが漂《ただよ》ってきている。スーザンは最後の朝食のメニューを楽しみにしつつ、階段の前で足を止めた。

布が外された鳥籠の中で、ネルが餌をついばんでいる。

「おはよう、ネル」

スーザンは中の小鳥に声をかけ、その鳥籠にかかった『ＮＥＲ』のアルファベットを指でなぞった。

「みんなの頭文字……」

スーザンは目に焼きつけるようにハウスの中を見渡した。早く外の世界を知りたい気持ちと、ここにずっと留《とど》まっていたい気持ちが、胸の中でせめぎ合う。

「本当は、みんなと一緒に行けたら良かったんだけど」

それは、無理だもんね……。小さな声でネルに話しかけたスーザンは、すぐに階段を下りていった。

食堂に続く列の中、スーザンはレイの姿を見つけた。

「レイ」

後ろからかかったスーザンの声に、レイの肩が一瞬びくりと揺れる。

「何」

不機嫌そうに振り向いたレイに、追いついたスーザンは少し気まずそうに視線を落とす。

あの夜レイを責めてから、一度もまともに口をきいていない。

「あの……さ、もしハウスでネルを飼うのに反対なら、私が連れていこうか？」

レイは食堂の前で足を止めた。

「は……？」

スーザンの口から出てきたのは、予想外の提案だった。

「なん、で……」

レイの頭を一瞬で、その結末がよぎった。新しい家などない。外の世界などない。スーザンがネルを連れて出ていくということは、ネルもスーザンと同じ道を辿るということだ。

レイの反応に、スーザンも驚いたようだった。

「え？　だ、だってレイ、ネルがここにいるの嫌みたいだし、それなら私が連れてって面倒見たらいいかなーって。ね、ママ、いいでしょ？」

早口でそこまで言ったスーザンは、近くにいたイザベラに許可を求めた。

「うーん、そうねぇ。連れていくのはいいけれど……みんなが納得したらね？」

頬に手を添え、イザベラはあっさりと許可した。レイは思わずその顔を見る。いつもと変わらぬ涼しい表情だ。

姉の提案に、朝食を準備していた子供達もそれぞれ顔を見合わせる。

「確かにスーザンなら、安心して任せられるかな」

「でもスーザンもネルも一緒にいなくなったら、寂しいなぁ」

「でもそれなら一人で出ていくスーザンの方がそうだろ？」

「うう、ドン、お前は優しいやつだ」

芝居《しばい》がかった仕草で、スーザンは目頭《めがしら》を押さえてみせる。照れくさそうに鼻をこすったドンに、周りも笑う。和気藹々《わきあいあい》とした空気が流れかけた時、鋭い声音《こわね》がそれを裂いた。

「だめだ」

低いレイの声に、和《なご》やかだった空気がしんと静まる。

イザベラの視線を感じながら、レイは押し殺した声で言った。

「俺は、連れていくことには反対だ」

睨《にら》むようなレイの視線に、スーザンは一瞬傷ついた顔になる。それからレイに向かって怒鳴《どな》った。

「……っ、もう、レイなんなの！　ハウスで飼うのも嫌、連れていくのもだめなんて、わがままよ！」

スーザンの荒《あら》らげた口調に、一足早くやってきて食料庫で料理の支度をしていたエマとノーマンも、入口へ駆けつけた。すぐに話の内容は、昨日のスーザンの提案だとわかった。

てっきりレイは、面倒だと言い続けてきた小鳥がいなくなるのだから、スーザンの提案に賛成すると思っていた。だからエマもノーマンも、スーザンに任せるのだったらかまわないと言ったのだ。連れていきたいと言ったスーザンの〝理由〟にも納得できた。

だが予想に反し、レイはスーザンがネルを連れてハウスを出ることに反対した。

許可を得られると思っていたのは、二人だけではない。スーザンも、まさかレイに拒否されるとは思っていなかった。思わずスーザンは口走っていた。

「ハウスに置いといても、結局勝手に逃がそうとするだけじゃない！」

えっ、と周りから驚く声が上がる。その場にいた全員の視線が、レイへ注がれる。

「………………」

何も言わないレイに、スーザンは唇《くちびる》を噛んだ。

連れていこうと考えたのは、レイの行動を見てスーザンなりに考えた結果だった。

理由はどうあれ、レイはネルを鳥籠から放とうとした。

自由な方がいい。その主張を通そうとしてやったのなら、この後もネルの状態に関係なく野生に戻そうとするはずだ。

だから、自分がネルを連れて出れば、その問題は解決すると思っていた。

(それに……ほんとは……)

その〝理由〟は、面と向かってレイには言えなかった。

譲《ゆず》る気のないスーザンの態度に、レイは顔を背けた。聞き取れない声で呟く。

「……どうせ、連れていったって……」

言いかけた言葉を、レイはもどかしげに呑み込んだ。レイもまた、反対する〝理由〟は口にはできない。ぎり、と噛んだ唇だけ前髪の陰から覗く。

「とにかく、連れてくとか……そっちこそ勝手だろ」

言い捨てて、レイはスーザンの横を通り抜け、食堂へ入った。口を引き結んだまま、手を洗い食器を出す。

スーザンの周りにいた面々は、釈然としないまま言《い》い交《か》わす。

「レイ……何なんだよ、せっかくスーザンとの最後の朝食だってのに」

「ネルを逃がそうとしてたって、どういうこと？」

「なんか感じ悪いよな……」

状況を見守っていたエマとノーマンは、黙々と支度をしているレイを見やった。

「どうしたんだろう、レイ」

「なんか……ネルのことになると、むきになってる感じするよね」

だがどうしてレイがその反応を示すのか、二人とも思い当たることがなかった。

レイの姿を見つめたまま、エマは口を開いた。

「ねぇノーマン、スーザンのために何かプレゼント作ろうよ。ここを出ても、私達と一緒って感じられるようなもの」

唐突なエマの提案に、ノーマンは不思議そうに首を傾《かし》げた。だがエマの顔を見て、すぐにその意図を汲《く》んだ。

「うん。そうだね」

レイはネルについて、何も話したがらない。けれどレイが理由もなく、何かにこだわるはずがないのだ。それだけはたとえ、スーザンが察知するような微かな変化には気づけなかったとしても、エマとノーマンにだけは確かに理解できることだった。

無人の図書室で、レイは本棚にもたれていた。扉を隔《へだ》てて遠く、兄弟達の笑い声が聞こえてくる。

すでに時刻は、自由時間の終わりを迎えていた。開いている図書室の窓から、格子《こうし》を抜けて夕暮れの涼しい風が吹き込んでくる。

朝食の後から、スーザンはネルの鳥籠を持ち、宣言した。

「レイが勝手に逃がしちゃわないように、今日は私が見張っておくから」

彼女もネルの件については、むきになっているようだった。自由時間の間も、鳥籠を自分の目の届く場所に置いていた。

おかげで、スーザンがハウスを出るまでに、ネルを逃がすチャンスは全く見つからなかった。

(どうしてこんな面倒なことになっちまったんだよ)

クソ、と苛立《いらだ》たしげにレイは棚を叩く。

ハウスを出る時に子供達が持っていく荷物は全て、イザベラが回収している。オモチャや思い出の品などはハウスの地下室に置かれていたが、そうでないものは全て捨てられる。

イザベラが生かしたまま鳥を逃がすだろうか。

答えは間違いなくノーだ。

ネルは特徴的な羽の色をしている。他の同種の小鳥と、誰でも見分けがついてしまう。もし逃がした鳥を誰かが見つけ、ネルだと気づいたら不審がる。

イザベラが、そんな危険を冒《おか》すわけがない。

合理的に、二度と鳥が子供達の目に触れることのないようにするはずだ。その選択肢の方がはるかに簡単で安全だ。

もしスーザンがネルを連れてハウスを出れば、ネルも必ず殺される。

（イザベラは……）

あの時、スーザンが連れていってもいいか尋ねた時に『それはできない』と答えれば、何の問題もなかった。イザベラにとっても、わざわざ仕事を増やすことにはならなかった。

だがあえて、連れていけると答えた。

（……試してやがる）

レイは前髪の間から宙を睥睨《へいげい》する。

イザベラはレイの忠誠心を全面的に信じているわけではないのだろう。裏切る機会を狙っていると想定していても不思議ではない。だが制御できており、子供達を内側から監視する役目を果たしていれば、番犬として使い続ける。

スーザンは優秀だ。もしレイが脱獄を計画し、仲間に引き入れる可能性があるなら、彼女のようなタイプだとイザベラは考えるはずだ。だからこうして、レイが行動を起こそうとする因子をちりばめる。鳥も思いつきに近い、その一つだ。

初めから無理だとわかっていることは諦められる。

出荷を止めること、自分の正体を明かし仲間に引き込むこと。だが、鳥一羽助けるくらいのことなら、危険を冒さずできるんじゃないのか。

揺らぐ気持ちにレイは苛立つ。そもそもどうしてこんなことに、と堂々巡りを繰り返しかける思考に自嘲した。

いいじゃないか、もう。鳥くらいで、何をこだわる。『門』に着けばイザベラが〝処理〟するだけの話だ。

今まで兄弟達を見捨ててきたのに、鳥一羽を殺したくないなんて、馬鹿げている。いつものように、何もしなければいい。

何もしなければ――。

『じゃあ、小鳥の世話は拾ってきた三人が責任を持ってやること！』

『レイとエマ、それから僕の名前の頭文字を取って、NER《ネル》っていうのはどうかな？』

『じゃあレイとここで出会ったのも、この子の運命だよ!!』

記憶の中の言葉が、押し殺そうとした感情を揺さぶる。

「……チクショウ」

レイは額を押さえた。

兄弟達を自由にさせることは、今の自分にはできない。

だが小鳥一羽でさえも、不可能なのか。

偶然逃げていってしまったことにすればいいだけなのに。小鳥がいてもいなくても、出荷には関係ない。

スーザンが救えないのならせめて。そう願うのに、それをスーザン本人によって阻まれていた。

西日がレイの頬に朱色の影を落とした。手の中にある時計は、５時を指《さ》していた。集合を知らせる鐘が鳴る。

もう時間がない。

どんなに考えても、今からこっそりと小鳥を逃がすチャンスはない。

「クソ……」

もう一度小さく呻くと、レイは図書室を出ていった。

夕食を食べた後、スーザンは白い制服を脱ぎ、外で着るための新しい服に着替えた。

「えへへ、見て見て」

スーザンはジャケットを羽織《はお》ってポーズを取る。ベッドには開いたトランクが置かれ、中には詰められるだけ荷物が入っていた。

ベッドの横には、ネルの入った鳥籠も一緒に置かれていた。小さい弟妹達がそれを囲み、籠の隙間《すきま》から指を入れたりして遊んでいた。

ギルダが、着替えたスーザンの姿に感激したように両手を合わせた。

「スーザン、すごく似合う！」

「あはは、なんか、変な感じだね」

はにかんでスーザンは帽子をかぶった。照れながらも、まんざらではなさそうにアンナが持ってきた手鏡を覗き込む。

「スーザン、ママが呼んでるよ」

ノーマンは扉を開けて、中にいるスーザンに声をかけた。

「うん、わかった」

その隣から顔を覗かせたエマが、鳥籠を指さした。

「ネルの籠、最後に掃除してから持ってくよ」

「ありがとう」

トランクと帽子を持って、スーザンは階段を下りていく。姉と最後の時間を過ごそうと、他の兄弟達もその後を追っていく。

「ママ、着替えてみたよ」

一階の玄関ホールに立っていたイザベラは、新しい服に着替えたスーザンに、晴れやかな笑顔を向ける。

「あら、よく似合うわ。荷作りも済んだ？」

「うん！　準備万端だよ」

ピースサインをしたスーザンは、廊下の壁にもたれているレイの姿に気づいた。

夕食の時も、レイは一言も口をきかなかった。きっとまだ怒っているだろうとスーザンは一瞬身構えたが、レイはいつもの飄々《ひょうひょう》とした表情で近づき、言った。

「ネルのこと、色々言って悪い。いいよ、連れてって」

その様子は一見、最後だから自分が折れて素直になろうとしているようだった。感情的になることのない、いつも通りのレイだ。だがスーザンには、その瞳の奥の影がわかった。

「レイ？　どうしたの……？」

怪訝そうにしたスーザンだったが、他の子に呼ばれてそれ以上問うことはできなかった。

「スーザン、これ手紙書いたの！」

「あとね、折り紙で作ったお花！」

「ありがとう、みんな」

妹や弟達からそれぞれプレゼントをもらい、スーザンの上着のポケットは、あっという間にいっぱいになってしまった。

別れを惜しむ時間も、もうわずかだ。

「準備は良さそうね」

イザベラに聞かれ、荷物を詰めたトランクを、スーザンは玄関に置いた。

「うん。後はネルの籠だけ」

そう言ったところで、ノーマンとエマが、鳥籠を持って下りてきた。なぜか二人とも肩を落とし、うなだれている。

「ごめん、スーザン」

ノーマンは申し訳《もうわけ》なさそうに、鳥籠を掲げた。

籠の扉は開いたままで、中には、何もいなかった。

「ネルに、逃げられちゃった」

「えっ」

スーザンの驚きの声の後、兄弟達も「えーっ！」と大声を上げた。

レイだけが、目をみはったまま、階段を下りてきた二人を見ていた。

「飛べないと思ってたんだけど、窓の格子の間をすり抜けていっちゃって」

「スーザン、本当にごめんね」

頭を下げるノーマンとエマに、スーザンは最初はショックを受けていたが、すぐに寂しそうに笑った。

「そう……でもちゃんと飛んでいけたなら、もう大丈夫なのかな」

元気に飛べるようになったら森に逃がそう。最初保護した時に、そう話してもいた。ある意味では、最善の結果となったのだ。スーザンはそう自分に言い聞かせた。

「あのね、それでこれ。ネルの代わりにはならないんだけど」

消沈しているスーザンに、エマはポケットに入れていたものを取り出した。

それは色とりどりの糸で編まれた、ミサンガだった。

「スーザンがハウスを出るってわかって急いで作ったから、ちょっと雑なんだけど。お揃いのミサンガ、受け取って」

そのミサンガには、紐《ひも》で小さな羽根が結びつけられている。スーザンは渡されたミサンガのその羽根に、そっと触れた。

「これ、ネルの羽根？」

「うん。抜けたやつを結んでみたんだ」

エマは自分の手首を見せた。そこには同じものが結ばれている。ノーマンも、自分の左手を伸ばした。

「私とノーマンと、それからレイの分」

エマの手には、スーザンに手渡したミサンガとは別に、もう一本残されていた。

「俺……？」

名前を呼ばれて、何が起きているのかわからず呆然《ぼうぜん》としていたレイはエマの方を見た。

エマは笑って、壁際にいたレイをスーザンの前へと引っ張ってくる。そしてその手にミサンガを結んだ。スーザンのは、ノーマンが結ぶ。

四人の手に、同じミサンガが結びつけられた。

「ね、スーザン。これで〝ハウスを出ても一緒にいられる〟でしょ？」

エマがプレゼントに込めた意味に、スーザンは思わず涙ぐんだ。

「ありがとう、エマ」

大事そうにミサンガをもう片方の手で包み込んだスーザンに、周りから次々と声がかかった。

「えーいいな！　スーザンとお揃いのミサンガ」

「ねぇ私にもよく見せて！」

「エマ、ノーマン、なんで全員分作ってくれなかったんだよ〜」

羨《うらや》ましがる兄弟達に、ノーマンは申し訳なさそうに苦笑を浮かべる。

「ごめん時間なかった」

「っていうか、全員分なんて作ったら、ネルがハゲちゃうよ！」

突っ込んだエマに、周りからどっと笑いが起こる。スーザンも声を上げて笑っていた。

一人だけ、自分の手首を見たまま固まっているレイに気づいて、スーザンは声をかけた。

「レイ、みんなの前で、あんなふうに言ってごめんね」

スーザンの声に、レイは視線を持ち上げる。スーザンは照れたように笑った。

「なんか一人でハウスを出ていくの、ちょっと寂しくって、ネルなら一緒に連れてけるかなって、わがまま言っちゃった」

スーザンは結ばれたミサンガの羽根に触れる。

「エマがさ、ネルの名前をあんた達三人から取ったって言ってたでしょ？　だからなんか、ネルのこと三人みたいに思ってたんだ」

一緒に外へ、行きたかったのだと。スーザンがネルを連れていきたがった本当の理由を明かされ、レイは思わず瞠目《どうもく》し口を引き結んだ。ネルを自分達に重ね合わせていたのは、スーザンも同じだったのだ。

顔を強張らせたレイに、スーザンは心配させまいと、手首を見せて満面の笑顔を見せた。

「でも今は、このミサンガがあるから大丈夫！」

送別を見守っていたイザベラが、そっとスーザンの肩に手を置いた。

「スーザン、そろそろ時間だわ」

うん、と頷き返し、スーザンは自分を囲む家族の顔を一人一人見渡した。

「ありがとう、みんな。ありがとう、エマ、ノーマン」

それから最後に、レイへと視線を戻した。

「レイ、じゃあね」

思わず顔を伏せたレイの頭へ、スーザンは手を伸ばした。

「あんまり一人で勝手なことばっかしちゃだめよ？」

いつものように、髪をぐしゃぐしゃに撫でられても、レイは振り払わなかった。

「ん」

掠《かす》れたような返事しか出てこない。

これから姉を待つものを考えると、レイはただじっと堪《た》えていることしかできなかった。

もし今少しでも動いたら、抑《おさ》えつけている感情が溢れてしまいそうだった。

それでもその手のひらが離れる瞬間、小さく――小さく、レイは〝その言葉〟を言うことができた。

「スーザン………俺も、ごめん」

息が漏れるような、微かな声を聞いたのは、そばにいたスーザンとエマ、ノーマンだけだったろう。

スーザンは眩《まぶ》しそうに笑った。ふわりと長い髪が揺れる。

「うん、いいよ。じゃあみんな、元気でね！」

そう言って片手を上げたスーザンの顔に、もう心細さは映っていなかった。その手には、カラフルなミサンガが結ばれている。振る手の動きに合わせて、小さな羽根は羽ばたくように揺らめいた。

そうしてスーザンは、イザベラが開けた扉の向こうに広がる夜道へ、旅立った。

これから始まる、新しい暮らしに心躍《おど》らせて。

玄関の扉が閉まり、名残《なごり》惜しそうに見送っていた兄弟達も一人また一人とその場を離れていく。

最後までそこに立っていたのは、レイ達三人だけだった。

「行っちゃったね、スーザン」

「うん。ネルも」

鳥籠を持ち上げて、ノーマンはエマに声をかけた。

「鳥籠、また片づけておかないと」

「掃除はしたから、すぐ仕舞っちゃえるね」

何も言わないまま二階へ戻っていこうとするエマとノーマンを、レイは呼び止めた。

「なぁ、なんで」

声を発したものの、その続きをどう口にすればいいのかわからなかった。逃げてしまったなんて嘘に決まっている。だがレイには、二人がその行動を取る意味が理解できなかった。ノーマンもエマも、スーザンに引き渡すことに賛成していたはずだ。それがどうして。

振り返ったノーマンは、こともなげに答えた。

「だってレイがあそこまでこだわるってことは、何か理由があるはずでしょ」

エマも同じ表情をして頷いた。

「それにレイが言ってたこと、私、わかるよ」

「え？」

「最初にネルを助けようとした時、レイ言ってたでしょ？」

森の中の茂みで、ネルを見つけた時だ。エマはぴんと指を立てる。

「鳥籠で暮らすのがそいつにとって幸せなのか？　って」

階段を上がりながら、エマは続ける。

「私あれから考えてたんだ」

レイは黙って後ろに続きながら、エマの声を聞いていた。

「あの茂みにひとりぼっちでいるのは、死んじゃうかもしれないし可哀想《かわいそう》だって思った。でももし私が小鳥だったら、狭い鳥籠の中でずっと暮らすのは嫌だ」

強い口調で、きっぱりとエマは断言した。

「たとえそこが安全で、何もしなくてもたっぷりご飯がもらえる場所だったとしても、自由に空を飛び回りたいって、思うもん」

最後の一段をぴょんと飛び上がったエマは、気持ちよさそうに両手を広げてレイを振り返った。その晴れやかな笑顔に、レイは肩から力が抜けるような気分がした。

どんなに外の世界に危険が多くても。

生き抜くために戦い続けなければならない場所だったとしても。

――〝自由〟は何物にも代えがたい。

レイはイザベラと交わした取り引きを思い返していた。

12歳まで、何不自由なく幸福に暮らす。エマもノーマンも、ハウスという温室で、外に広がる〝現実〟を知らないままでいさせてやりたい。

もちろんそれは、本心ではない。

死なせない。必ずハウスから脱獄させてみせる。

そう誓ってずっと一人、その時のために準備を進め、兄弟を見送り続けてきた。

けれど時折、胸の奥にどうしようもなく迷いが去来する。レイは眠れなかった夜を思い出す。膝をつきかけた日も、全部投げ出してしまいたくなった瞬間もあった。

真実を知らされることは、本当に二人にとって幸せなのだろうか。

里親の元へ旅立ったと思っていた兄弟達がみな、〝鬼〟の餌となっていたと知ることは。

その真実を知っていながら、イザベラの側に立ち続けている自分の正体を明かされることは。

今のまま、何も知らずに暮らす方が幸せなのではないだろうか、とレイは自分の行動に自信が持てなくなることがあった。一度明かせば、もう取り返しはつかないのだ。

自由を求めれば、その代償として悲しみや苦しみも背負うことになる。

そう思い悩んできたのに。

『自由に空を飛び回りたいって、思うもん』

エマもノーマンも、〝鳥籠〟を選ぶわけがなかった。自分の迷いがひどく馬鹿馬鹿しいものに感じられ、レイは顔を歪《ゆが》めた。

「は、はは……」

思わずレイの口から、笑いがこぼれた。片手で顔を覆《おお》う。

「ほんとに、お前らさ」

レイの呆《あき》れ笑《わら》いを、ネルを逃がしたことに対してだと思いノーマンは告げる。

「エマが言い出したんだよ。ネルを逃がそうって。で、スーザンが悲しまないように代わりのもの何か用意したいって」

「間に合わないかと思って、焦《あせ》ったよ。あ、レイのは私が編んだのだから、ちょっとガタガタしてると思う」

エマはぺろりと舌を出して、ミサンガを示した。レイは編み目の偏《かたよ》った自分のミサンガを見下ろし、失笑した。

「だと思った」

「ひど！」

レイは軽口を叩いている自分のことを、悲しさとも、安堵《あんど》とも異なる複雑な心境で、一歩引いたところから見ていた。

きっと今頃スーザンは、〝鬼〟の餌食《えじき》になっている。ずっと一緒に暮らしてきた姉はもうこの世にいない。それなのに、自分はいつも通りの会話をし、また日常に戻ろうとしている。

(それで、いいんだ……)

顔を上げ、レイは、エマとノーマンを見た。

もしもここに自分一人だけだったら、とっくに諦めていた。堪えきれず絶望していた。

必ず、どんなに多くの犠牲を払うことになっても、エマとノーマンを〝脱獄〟させる。

そう決めたから、それを支えに心を殺してこられたのだ。

「エマ、ノーマン」

二人がいるから。

自分はまだ、この一人っきりの戦いを明日もその先も続けていける。

大丈夫だ。もう迷いは振りきれた。

〝真実〟を知らせても、二人は必ず〝自由〟を選ぶとわかったから。

「ありがとう」

レイの思いがけないセリフに、二人は一瞬きょとんとして、それからよく似た笑顔を浮かべた。

「あ、でもちゃんと、いつか理由を教えてもらうからね？」

抜かりなく言い添えたノーマンに、レイは苦笑する。

「ああ、必ず」

「ね、じゃあレイ。その代わりにさ」

エマの顔が、にぃっといたずらっぽい笑みに変わる。

「明日も一緒に遊んでね！」

スーザンはいなくなった。

自分のほんの微かな変化を察して、声をかけてくれる姉はいなくなった。

だが自分には、何度でも懲《こ》りずに遊ぼうと手を引いて輪に引き戻してくれる仲間がいる。

「……わかったよ」

レイはポケットに手を突っ込んで――笑った。

その手には、ネルの羽根をつけたミサンガが結ばれている。

＊　＊　＊

空へと飛んでいった羽根は、あの時に作ったミサンガの飾りとそっくりだった。

ノーマンは懐かしく思い出す。

ミサンガはもうずっと前に切れてしまっていたけれど、捨てずに仕舞ってある。きっとエマとレイの引き出しの中にも、それがあるはずだ。

ノーマンはもう一人、それを贈った相手のことを思った。

彼女のミサンガだけは、行方《ゆくえ》知れずだ。

あの時は本当に、スーザンが里親の元へ旅立ったのだと思っていた。きっと新しい家族にも愛してもらえる。そう言って姉を励ましたのを、覚えている。

見送った兄弟のことを考えると、胸の中を冷たい風が吹き抜けるような感覚がした。もう全て手遅れで、今からいなくなった兄弟達のためにできることは何もない。そう頭ではわかっていても、感情は簡単には切り離せなかった。

悲しさ。虚《むな》しさ。

そして、恐怖。

今夜には、自分もそこへ行くのだ。ノーマンは決意《きもち》とは関係なく、手が震えるのを感じた。それを振り払うように、きつく拳を握る。

(死んでしまった兄弟達に、今できることは)

これ以上、今いる家族に彼らと同じ道を辿らせないことだ。

自分が、その最後になる。

あの夜、ノーマンはエマとともにネルの鳥籠を持って窓のそばに近づいた。鳥籠を開けても、最初ネルは外へ出ていこうとはしなかった。

「ほら、行って」

エマが籠を揺らす。ネルは中で少し羽ばたき、ノーマンがやはり飛べないのかと危惧《きぐ》した瞬間、開けた扉から外へ出て、そのまま格子をすり抜けていった。

あの瞬間の、羽音や姿を、ノーマンはよく覚えている。

籠の中でしか生きていけないように思えた小鳥は、あの夜、力強く大空へ飛び立っていった。

先の見えない、真っ暗な夜の空へ。

それに自分達三人を重ねそうになり、ノーマンは自嘲した。その中に、自分はもういないのだ。

それでいい。

それで、エマ達、他の全員が脱獄できるのなら。

レイが、ネルを自由にさせたいと言ったのは、レイもまたその姿《ネル》に自分達を重ねたからだ。籠の中の鳥。飼育者《ママ》に飼われ、いつか〝商品〟として出荷される運命にある。

その籠から、飛び立つ時が来たのだ。

太陽が、ゆっくりと傾いているのがわかった。ノーマンは計画の内容を全て書き終え、凝《こ》った首筋《くびすじ》を伸ばすように、頭上を見上げた。

その時、森の木々の上を、一羽の小鳥が飛んでいった。

「あ……」

ほんの一瞬しか見えなかったが、コマドリのように見えた。羽根の色が、青みがかった、コマドリに。

（まさかね……）

ノーマンはそっと笑った。

39人目《にんめ》の女《おんな》の子《こ》からの贈《おく》り物《もの》

森の木々の間から、夕日に近づきつつある陽光が差し込んだ。頭上の雲は、透明な空の中で淡《あわ》い金色に色づいている。

ノーマンは叶《かな》わないこととはわかっていても、最後の時間が後わずかであるなら、少しでも長く二人の顔を見ていたかったなと思った。

あの日、自分のために涙を流し、傷だらけになって救いに走ってくれたエマ。

これまでずっと、自分達を逃がすためにひとりぼっちで戦ってきたレイ。

(二人を、無事に騙《だま》せそうで良かった……)

昨日《きのう》の夜、生きる道を選ぶと言い、三人で身を寄せ合った。戻ってきた自分の姿に、二人はどんな顔をするだろうか。ノーマンは寂《さび》しく笑った。それが今はただ、胸に迫った。

これは裏切りだ。

自分は二人を生かすために、嘘《うそ》をついた。

けれどこの決意を曲げるつもりはなかった。

胸の中に、後悔も恐怖も寂しさも、ずっと嵐のように吹き荒れている。けれどその中で、地面に深く突き立てた旗のようにその決意だけは揺らがなかった。これだけは決して手放せはしないものだ。その支えがあるから、今自分は顔を上げて嵐の中に立っていられる。

その旗は思い出であり、未来を託した〝手紙〟だ。ノーマンは自分の胸を押さえる。

今、頼もしく、優秀な親友二人を欺《あざむ》き、完璧《かんぺき》な計画を立てた。

ノーマンは絶望する二人の顔ではなく、この手紙を受け取ったエマの、そして崖《がけ》を越えていく兄弟達を見たレイの顔を思い描いた。

（……きっと驚くだろうな）

そう胸の内に呟《つぶや》いて、ノーマンはふと思い出すことがあった。

あれは今年の春だ。

二人に、見事に騙されたことがあった。

エマとレイだけではない。ハウスにいる兄弟みんなに、ノーマンは騙されてしまった。

その夜のことを思い出して、ノーマンの胸に温かさと、せつなさが溢《あふ》れた。思わず目を閉じる。自分がどれだけみんなに愛されているか教えられた、大切な記憶が蘇《よみがえ》る。

あの時に自分が誓った言葉を思い出し、ノーマンはやるせなく閉じた瞳を開いた。

いつか、大人《おとな》になったら――と。

＊　＊　＊

「ノーマン！　こっちこっち！」

ハウスを見渡せる小高い丘の上、フィルと一緒にエマが大きく手を振った。

「今行くよ」

見せたいものがあると言われてやってきたノーマンは、暖かい日差しに上着を脱いだ。

森の日陰《ひかげ》に残っていた雪もすっかり解け、凍《い》てついていた地面からは柔らかな草が生え出していた。少し前まで身を切るような冷たい風が吹いていたのに、いつの間にか外で過ごしていても寒さを感じないようになっていた。少し動けば、ウールのカーディガンの下が汗ばむほどだ。

「ノーマン、見て見て！」

二人が指さす足元へ、ノーマンは身を屈《かが》めた。

「あ、タンポポ咲いてるね」

「昨日フィルが見つけたんだよ！　今年は早いよね」

毎年春になると、ハウスの周《まわ》りにはタンポポが咲き出す。今はまだぽつんと一つきりだが、じきにあちこちで蕾《つぼみ》が花開くだろう。

「いつの間にか、もう春だね」

ノーマンは気持ちよさそうに空を仰《あお》いだ。空気には、春の匂《にお》いが溶け込んでいる。日に温められた地面の匂いや、新芽の爽《さわ》やかな香りが漂《ただよ》っている。

和《なご》やかに三人が空を見上げていると、少し離れた場所から「あ、いたいた」「エマいたよ」と言《い》い交《か》わす声が聞こえてきた。

トーマとラニオンだった。ラニオンの手には、大きな箱が抱《かか》えられている。

「エマ見てこれ、謎《なぞ》の生き物捕まえたんだ！」

「えっ何それ！」

にやにやする二人からエマが箱を受け取る。つま先立ちして、フィルも見上げる。ノーマンもエマの隣から覗《のぞ》き込《こ》んだ。

「何～？」

エマが喜々《きき》として蓋《ふた》を持ち上げる。その途端――。

「うわっ！」

中からはバネをくっつけた怪獣のぬいぐるみが飛び出した。ぬいぐるみはエマの顔にぼすんっと当たって、跳《は》ね返《かえ》る。

「イェーイ！　大成功！」

トーマとラニオンがお互いの手を打ち合わせる。びっくり箱は、古いオモチャを改造して二人で作ったようだ。

「もーう！　びっくりしたなぁ！」

鼻を押さえてエマは怒るが、すぐに堪《こら》えきれず吹き出した。驚いてひっくり返っていたフィルも、エマにつられて笑った。

「へぇ、よくできてるね」

弟達が作った箱を観察して、ノーマンは感心する。トーマとラニオンは得意げになるより落胆した。

「あーあ、けどやっぱりノーマンはびっくりしないよなぁ」

「エマ驚かすのは簡単なのに」

なんだとぉ!?　と食ってかかってみせたエマだったが、二人の意見には頷《うなず》かざるを得なかった。腕を組んで記憶を探る。

「うーん、でも確かにノーマンがびっくりしてるところって、見たことないかも……」

「そう？」

箱を二人に返し、ノーマンは意外そうに軽く眉《まゆ》を持ち上げた。

「エマにはけっこうびっくりさせられてるけどな」

理路整然と物事を考える自分に対し、エマは小さい頃から意表をついた言動をする。エマは首を振った。

「なんかそういうんじゃなくて、見破れなかったぁ！　みたいなやつ」

トーマとラニオンも同意した。

「わかる！」

「そういうので、ノーマンをあっと言わせたいよな」

また何か新しいイタズラを考えているらしい二人に、ノーマンは相好《そうごう》を崩した。

「二人は将来、発明家にでもなれそうだね」

ノーマンのセリフに、トーマもラニオンも嬉《うれ》しそうに目を輝かせた。

「おお～！　いいなそれ！」

「だな！　俺達、大人になったらすげー有名な発明家になってるかも！」

「えーノーマン私は私は？」

楽しそうな話題に、エマは自分を指さして加わった。ラニオンがぷぷっと口を押さえて吹き出した。

「エマとか、ぜーったい、大人になっても今のままだろ」

「えぇっそんなことない！　ママみたいな、大人なレディになってるってば！」

「レディとか‼　想像つかねー‼」

ぎゃははははっと抱腹絶倒しているトーマに、エマはげんこつをお見舞いする。

「二人とも笑いすぎ！」

「いってー！　レディは殴《なぐ》らねーよ！」

そばで笑っていたフィルは無邪気に「エマは、ママみたいな優しいママになれると思う」と答えた。エマはひしとフィルを抱《だ》き締《し》める。

「フィルはいい子だ。あ、フィルは何になりたい？」

「汽車のしゃしょーさん！」

「いいね！　じゃあいつかフィルの汽車に乗せてね」

エマは頭の中で、そんな未来を想像した。外のことは本の中でしか知らないが、立派なレンガ造《づく》りの駅に、フィルが乗った汽車が滑《すべ》り込《こ》むのだ。そしてそこには、颯爽《さっそう》と乗り込む大人になった自分がいる。エマは自分の想像に胸を躍《おど》らせた。

「ねぇ、ノーマンは大人になったら、何になりたい？　何してたい？」

突然尋ねられて、ノーマンは言葉に詰まった。

「え、うーん。大人になったら……か」

顎《あご》に指を当てて考えるノーマンの前には、瞳をきらきらさせて答えを待つエマの顔がある。自分の頭に真っ先に浮かんだその答えを、ノーマンは打ち消して言った。

「んー内緒、かな」

えぇ～、とエマ達は口を尖《とが》らせるが、ノーマンは「いつか話すよ」と笑ってあしらった。

和やかな丘の上を、ふわっと春の風が吹き抜けていった。

それから一週間ほどが過ぎた、いつも通りの午後だった。

その日は、ドンが鬼になってみんなで隠れんぼをしていた。鬼ごっこと違って、姿を見られた時点で鬼に捕まったことになってしまうので、走る方が得意なエマなどにとっては、隠れんぼの方が難易度が上がる。逆に体を動かすことが苦手なマルクやイベットは、隠れんぼの方が得意だったりする。小さな子達も思いがけない場所に隠れていたりして、鬼ごっことはまた違った面白《おもしろ》さがあった。

ノーマンは森に入ってすぐの木の上に隠れた。

片側からはハウスの建物や庭がよく見え、かつ下からは密集した枝が姿を隠してくれていた。隠れんぼは普通森の奥に隠れる場所を探して入っていきがちのため、森の入口は盲点でもある。鬼役にとっては灯台もと暗しというわけだ。

目をつぶって数を数え終えたドンが「おーっし、いくぞー！」と叫んで枝の下を通り過ぎていく。しばらくは戻ってこないだろう、とノーマンは小さく笑って、枝の上で姿勢を入れ替えた。

その時、ハウスの窓に、人影のようなものが映った。

（あれ……？）

ノーマンは最初、何かを見間違えたのかと思った。人ではないものを、人影のように思ったのだと。

その人影は、ここでは見たことのない明るい珊瑚《さんご》色《いろ》の服を着ていたからだ。格子《こうし》のはまった窓から見えるのは後ろ姿だけだったが、その背に長い髪が広がっているのはわかった。

見たこともない女の子だ。

少女はくるりと一回転した。その一瞬だけ笑っている口元が見えたが、またすぐに背を向けてしまった。そして窓辺からいなくなってしまった。

「誰……？」

ノーマンは木から下りて、ハウスへ戻って確かめようとした。着地した瞬間、後ろからドンの驚く声がかかる。

「あれ⁉　ノーマン見ーつけた⁉」

ドンと、最初に見つかってしまったシェリーが後ろに立っていた。鬼の役目としてドンはノーマンを指さしているが、見つけた方が逆にびっくりしていた。ノーマンは踵《きびす》を返し、肩越しに謝った。

「ごめんドン、ちょっとハウスまで行ってきてもいい？」

「ああ、いいけど」

駆け出していったノーマンに、ドンが首をひねる。

「ノーマンのやつ、急いでどうしたんだ？　便所か？」

「もう！　ドンのバカっ！」

シェリーがデリカシーのない兄を、思いっきり突き飛ばした。

もぬけの殻《から》になっているはずのハウス内を、ノーマンは二階へ駆け上がる。

少女の姿が見えたのは、子供部屋の窓だった。一番大きな奥の部屋だ。急いで駆け戻ったその部屋には、無人のベッドが並ぶだけで誰の姿もなかった。

「────ハウスに、見たことない女の子？」

夕食の時に、その話をエマとレイにした。フォークをくわえたままエマは大きく目をみはり、レイは口をつけたカップから、視線だけ持ち上げた。

「うん、この制服じゃなくて、ドレスみたいな恰好《かっこう》で、髪の長い子」

ノーマンの説明に、エマは視線を斜め上にやり、何か考えるように呟く。

「……外から迷い込んできた子、とか？」

「ありえねーよ」

レイがエマの意見を一蹴《いっしゅう》する。エマは続けようとした言葉を詰まらせ、隣を睨《にら》んだ。

「なんで⁉」

「そんなんママが気づかないわけがないだろ」

「そう、だけど……」

エマはイザベラへ視線を向ける。ノーマンも当然それは考えた。誰か来たのなら、ママは自分達に知らせるはずだ。イザベラのふるまいは、普段と何も変化がない。

「誰なんだろう……？」

眉をひそめたノーマンに対し、レイは涼しい顔だ。楽しんでいる様子《ようす》すらある。

「これ言ってるのがエマだったら、見間違いだろでさくっと片づくんだけど」

「片づけんなっ！」

「けどノーマンが言うなら、ただの見間違いってことないと思うんだよな」

レイは面白がるように、頬杖《ほおづえ》をついた。

「探そうぜ、その謎の〝女の子〟」

「うん、本当にいるなら会ってみたい！」

身を乗り出して、エマは言う。ノーマンも頷いたが、引っかかることがあった。

夜、ベッドの中でノーマンは考えてみた。

自分達が敷地《ここ》を出ることがないように、施設を訪ねてくる人間もいない。それが当たり前だと思っていた。だが考えればば森の先はどこかに通じているはずで、その向こうから人が現れても不思議ではないのだ。

（けど、考えにくいか……）

彼女の服装は、ドレスのような衣装だった。あれで森を抜けてこられるとは思えなかった。

そうなれば、残るは『門』だ。

本来なら、人の行き来には『門』が使われるはずだ。だがかつて見た『門』には錠がかかっていた。とても人が偶然、中に迷い込めるような構造《つくり》にはなっていない。

あるいは、とノーマンは寝返りを打ち、天井を見つめた。

（どこかからやってきたのではなく、初めからハウスにいたとしたら？）

周りのベッドからは、小さな寝息や可愛《かわい》らしいイビキが聞こえてくる。

現在ハウスには38人の兄弟達が暮らしている。

自分が見た女の子がもし本当にハウスにいるとしたら、39人目の姉妹《きょうだい》ということになる。

(……そんな、馬鹿な)

ノーマンは自身の思いつきを胸中で打ち消したが、その想像は不思議と、森や門を越えて訪問したと考えるよりも、奇妙な現実味を帯びていた。

(誰なんだろう……)

ノーマンは目を閉じた。その瞼《まぶた》の裏に、笑った唇《くちびる》と珊瑚色のドレスが焼きついていた。


早朝、ノーマンは薄暗い中を起き出した。周りのベッドからは、まだ寝息が聞こえている。ノーマンはお腹《なか》を出して寝ているロッシーに、そっと毛布をかけてやる。

ハウスに見知らぬ誰かが潜《ひそ》んでいる。その想像はノーマンの中で、一笑して無視できるものではなくなっていた。

(少なくとも、あの瞬間、確かに〝彼女〟はあの場にいた)

ハウスは広いが、誰かが隠れていられる空間は限られる。

まずは二階、空《あ》き部屋になっている子供部屋を覗《のぞ》き、図書室と音楽室をあらためる。もう一つ、突き当たりには物置部屋があるが、ここは常時施錠《せじょう》されている開かずの間《ま》だ。ノーマンはその扉の前に立ち、中へ耳を澄ませた。（さすがにいないか……）それよりも怪しい場所は他にもある。一階に下りて遊戯室《ゆうぎ》や医務室を見て回った後、ノーマンは二階へ戻ってきた。どこも人が隠れ住んでいるような痕跡《こんせき》はない。

「後は……〝上〟かな」

ノーマンは階段を上がっていった。

ハウスの三階部分、屋根裏に当たる場所はがらんとした空間が広がっている。普段は子供達もめったに上がってくることはなく、人が隠れるのならここが最も有力な場所だ。

三階へ上がると、埃《ほこり》っぽい空気が漂い出す。それと同時に、微《かす》かに嗅《か》ぎ慣《な》れない臭気が鼻をかすめた。

「何……？」

ノーマンは入口からのわずかな明かりを頼りに、屋根裏部屋を見渡した。

壁際にいくつか木箱が置かれ、シーズンオフの物が仕舞《しま》われている。その奥に布がかかった何かがある。近づいたノーマンは自分の足先のそばに、埃を踏んだ足跡があることに気がついた。自分のものより、少し小さい。

その足跡をよけて、ノーマンは見慣れない布をそっと外《はず》した。

「何だろう？　これ……」

布の下には、バケツが置かれていた。一つではない。小さいものも含め、全部で五つだ。その全てに、濃さの異なる黒ずんだ液体が入っている。臭《にお》いの元はこれだった。

液体に手を伸ばしかけたところで、起床を告げる鐘《かね》が鳴った。ノーマンは急いで布を戻すと、隣り合った二部屋も素早く確認し二階へと駆け戻った。

すでに二階の廊下には、起き出した兄弟達がわらわらと出てきていた。階段を下りてきたノーマンに、レイが怪訝《けげん》な視線を向ける。

「どこ行ってたんだよ」

「後で話すよ」

思案顔になっているノーマンに、レイは眉をひそめ、ちらりと屋根裏を一瞥《いちべつ》した。

午前のテストが終わり、洗濯の水汲《みずく》みに行くよりも早く、ノーマンはレイとエマに声をかけた。

「ちょっと二人に見てもらいたいものがあるんだ」

「何？」

エマは首を傾《かし》げ、ノーマンの後を追って二階へ上がる。

「今朝《けさ》、早起きして昨日見た〝女の子〟を探したんだけど」

「えっ」

後ろをついてくるエマが声を漏《も》らす。ノーマンはかまわず続けた。

「そしたら屋根裏に、バケツに入った液体があって」

「液体？　水じゃなくて？」

レイの問いに、ノーマンは頷く。二階へ到着し、さらに上へと階段を上っていく。

「うん、暗がりだったけど、色がついてたのは確かだ。何かちょっと独特な臭いがして」

ノーマンは屋根裏の扉を再び開けた。同じように中からは埃の臭いがしたが、今朝感じたもう一つの〝臭い〟の方は薄れていた。

入ってすぐ、ノーマンは床の変化にも気がついた。

「足跡が、消されてる……」

「足跡？」

怪訝そうな声で、レイが問う。ノーマンは急いで中へ入った。〝臭い〟が薄れているので、予感はあった。

果たして、木箱の陰には何もなくなっていた。

「バケツが全部なくなってる……。確かにここにあったのに」

「その……水みたいなのが入ったやつ？」

「うん……それに足跡もあったんだ。僕のより、少し小さいくらいの」

おもむろにレイは床を軽く蹴《け》った。入口から差し込む光に、積もった埃を反射させる。

「床、これ……誰かが掃《は》いてるな」

ノーマンは顎に手をやった。自分が最後にここを見たのが、起床のベルが鳴る直前だった。そして今、テスト後すぐにここへやってきた。その間の出来事だ。

「テストの間に、誰かが移動させたんだ」

「それができるのって」

エマの言葉を引《ひ》き継《つ》いで、レイが告げた。

「ママか、その〝女の子〟――だろ」


外の物干《ものほ》し竿《ざお》に、全ての洗濯物が並んだ。真っ白なシャツやズボン、靴下やタオルが、風に吹かれて揺れる。

「よーし、洗濯おしまーい！　お昼にしよう！」

エマの声に、弟妹達《きようだい》が「はーい」と元気よく答えた。

その背を見送り、ノーマンは思考する。

（エマは、何か知っているみたいだったんだけどな……）

昨日、ハウスの中で知らない〝女の子〟を見たと言った時、エマの反応には違和感があった。目線が泳ぎ、すぐに『外から迷い込んだ』などと発言した。見知らぬ少女の話などすれば、エマならもっと驚くはずだ。

（けど……）

屋根裏部屋のバケツの存在と、〝女の子〟とが結びつくのかはわからないが、少なくとも前者に関して、兄弟の誰もバケツをどこかに持っていくことができないのは確かだ。

それができるのは――。

空《から》になった洗濯カゴを持ったイザベラに、ノーマンはおもむろに声をかけた。

「ねぇママ」

振り返ったイザベラに、ノーマンは感情の読み取りにくい双眸《そうぼう》を向け、尋ねた。

「このハウスに、外から誰か来るなんてこと、ないよね？」

「え？」

軽く目をみはり、イザベラはノーマンを見つめ返す。それからおかしそうに尋ね返した。

「どうして？」

すぐにノーマンは、屈託《くったく》ない笑顔で首を振った。

「ううん、ちょっと気になってね」

イザベラからカゴを受け取ると、中へ戻っていく。

先ほどのノーマンとよく似た眼差《まなざ》しで、イザベラはその背を見つめた。

「………」

それから、ふっと笑って、イザベラもハウスの中へ入っていった。


ノーマンが昼食の準備に加わるため食堂へ向かうと、洗面所の前でエマとレイが話していた。

「えっ、でもそんなことしたら余計に」

「いい、大丈夫だ。今のままじゃ絶対に」

言いかけてレイは口を噤《つぐ》んだ。明らかに自分がそばに来たからだと、ノーマンは察した。

「何話してたの？」

なにげなく尋ねると、エマは笑顔で首を振った。

「ううん、何でもない」

「ああ、ただbusさっきのバケツのこと」

レイがノーマンの方へ体を向ける。レイが話題を変えたのだとわかったが、ノーマンはそのまま話を聞くことにした。

「ママに相談すんのはやめた方がいいんじゃないかって」

それにはノーマンも同意できた。

「うん。さっきママに〝女の子〟のこと聞いたんだ」

驚いたようで、レイはひょいっと眉を上げた。

「へぇ、それで?」

「外から誰か来ることはないよねって聞いたけど、もちろん何も答えてくれなかったし反応も普通だった。でも本当にママが〝女の子〟の存在を隠しているんだったら、僕が何か感づいたと思ったろうし、今後何かしらの行動を見せるかも」

「なるほどな。〝バケツ〟は今の時点で関係あんのかわかんねーけど、とりあえず俺ら全員が揃《そろ》ってる間に移動したんだから、〝ママがやった〟は有力だよな」

「仮にママが移動させたのなら、わざわざ僕らがテストしている時間にやるのも、変なんだよね。バケツをどこかに運ぶくらいのこと、普通なら僕らに手伝いを頼むだろうし」

「ああ、だよな」

ノーマンとレイの会話を聞いていたエマは、呆気《あっけ》に取られて呟く。

「……二人とも、そこまで考えてるんだ」

感嘆するエマに、ノーマンは笑いかける。

「ただ今の情報で考えられることを挙げてるだけだよ。全然、的外《まとはず》れかもしれないし」

話していた三人の後ろ、食堂からドンの声が飛んでくる。

「おーい！　昼飯の用意、手伝えよ〜」

今行くーと三人は声を揃えて、食堂へ向かった。


ノーマンは午後の自由時間も、ハウスの中を探索してみようかと考えていた。こんな春先の暖かな陽気には、誰もが真っ先に外へ飛び出していき、ハウスは無人になるはずだ。

そう思っていたのに、なぜか数人の兄弟が階段を上がっていこうとしていた。

「あれ、ナット達は外に行かないの？」

ノーマンの声に、ナットは飛び上がって振り向いた。鼻をこすって、二階を指さす。

「今日は、みんなで中で遊ぼうって」

「うん、そう。えーっと、やりたいことあるから」

ナットの隣で、アンナが言葉を重ねた。ノーマンはアンナと手を繋《つな》いでいるコニーへ視線を落とした。

「コニーも？」

「うん！　みんなでね、べ」

笑顔で何か言いかけたコニーの口を、周りにいた子が慌《あわ》ててふさぐ。ナットがコニーの代わりに答えた。

「みんなで、べ……勉強、するんだ！」

「遊ぶんじゃなかったの？」

「!!　あ、いや……勉強してから、遊ぼうって言ってて」

前髪を払って平静を装《よそお》おうとするナットだったが、全《まった》くうまくいっていなかった。ノーマンは首を傾げ、穏《おだ》やかな笑顔のまま口を開く。

「ふーん？　じゃあ僕も中で」

「あぁっ！　ノーマンいたいた！　昨日は不戦勝みたいに終わってたからな、今日こそ実力で見つけ出してやるぜ」

玄関から飛び込んできたドンが、ノーマンの首に勢いよく腕を回した。

「うっ、え？　ドン？」

「ほらほら早く、外行こうぜ！」

「苦しい、ドンっ」

力の強いドンにぐいぐいと引っ張られ、ノーマンは有無《うむ》を言わさず外へ連れ出されてしまった。ノーマンの視界の隅で、ナット達が急いで二階へ上がっていくのが見えた。

(何を隠しているんだろう?)

コニーは何か言いかけていた。

(〝べ〟……?)

そこまで考えて、ノーマンの意識が遠のいた。首に回った腕を叩《たた》く手がだらりと落ちる。

「おーいエマー、ノーマンも隠れんぼやるってー」

「やったー! って、ちょ、ドンーッ!? ノーマン死にそうだけど!?」

「え?」

叫んだエマの声でようやく、ドンはさっきからずっとヘッドロックを決めたままである
ことに気がついた。

「わー! ノーマンごめん!!」

「だ、大丈夫……」

ケホケホと咳《せ》いて、ノーマンは解放された首をさする。

「ノーマン大丈夫?」

「ドン、やりすぎ!」

「だから悪かったって~」

周りを囲んだ顔ぶれを、ノーマンはさりげなくチェックした。

隠れんぼに参加しているのは、ドン、エマ、トーマ、ラニオン。セディ、ドミニク、マルク、ハオ。フィル達3歳は兄姉達《きょうだい》にくっついて全員いる。

レイは読書をしている。2歳以下はイザベラのそばだ。ノーマンは脳内で指を折る。

さっき中で遊ぶと言っていたのが、ナットとアンナ、コニーとシンディ、アリシアとイベット、ロッシーとクリスティだ。

わざわざこの8人で集まって勉強する理由がわからない。共通点がない。

(ギルダと、ジェミマもいない……)

外に姿が見えないということは、屋内《ハウス》にいるということだ。

その日の隠れんぼはいつも通り、ノーマンは最後まで見つからなかった。ドンは悔しがったが、ノーマン自身は勝敗よりもハウスの中のことの方が気になった。

見知らぬ少女に、中で集まっている8人、ギルダとジェミマもふくめれば11人だ。

(何か、繋がりがあるのかな……)

昨日の時点ではエマやレイだけを怪しんでいたが、こうなると全員が何かを隠している可能性も浮上してきた。

その夜、三人は混み合う二階を避けて、一階の洗面所へ向かった。自分の歯ブラシとコップを取り出すと、並んで歯を磨く。二階から兄弟達の笑い声が聞こえてきていた。

「で、具体的にどうするよ」

歯ブラシをくわえたまま、レイが唐突に話を振った。口をゆすぎ、ノーマンはタオルで濡《ぬ》れた口元を押さえる。

「うん、一日考えてみたけど、やっぱりママが関わっていないと、誰かがハウスで身を隠し続けるのは不可能だと思う」

「じゃあやっぱり、ママが〝女の子〟のこと隠してるってこと？」

エマが歯ブラシとコップを元の位置に片づけ、ノーマンを振り返る。ノーマンは頷いた。

「僕達に引き会わせられない何か事情があるのか……そもそも、いつからいたのかわからないけれど」

「ママが隠してるってなると、見つけるのは難しいか」

レイは流しの縁《ふち》にもたれかかり、天井を仰ぐ。使われていない部屋に隠れているのなら、難易度は隠れんぼレベルだ。だがイザベラの寝室や書斎に潜んでいたら、自由に出入りできる場所でない分、見つけるのは困難だ。

ノーマンは鏡に映った自分の顔を睨むように見つめたまま、呟いた。

「そもそも彼女はどういう存在なんだろう？」

ハウスにいる、見知らぬ少女。39人目の姉妹《きょうだい》……？　ママがどこかへ隠しているのか。それとも自《みずか》らどこかに隠れているのか。ノーマンはほんの一瞬見えたその顔を、思い描こうとする。眉間《みけん》に手を添える。

「あの〝女の子〟、どこかで……」

おぼろげな印象を掻《か》き集《あつ》めようとしたが、うまくいかなかった。言いよどんだノーマンに、レイが指を立てる。

「とにかく、全く痕跡を残さずにハウスにいるとか不可能だろ。少なくとも、食料は必ず一人分多く必要なわけだし」

「あっなるほど。じゃあ食料庫チェックすればいいよね！」

エマがぽんと手を打った。ノーマンは目を瞬《しばたた》かせた。なぜかそこに、考えが至っていなかった。少女がドレス姿だったせいだろうか、何かこの世のものではないような雰囲気を感じていた。

「食事か……確かに」

「じゃあ食料庫見て、それから消灯時間までざっとハウスの中、探す？」

「だな。ノーマンが言ってた謎の液体入りバケツも、気になるし」

三人は頷き合って、洗面所を出た。食堂の扉はすぐ右手にある。食料庫を確認するのはすぐに済みそうだ。そう思ってノーマンは、廊下へ出た。

その時だ。視界の端を、鮮《あざ》やかな色がかすめた。

「!」

廊下の反対側を、珊瑚色のドレスが通った。頭からかぶったショールが、ふわりとなびく。その後ろ姿が、医務室やママの寝室がある方へと揺れるように走っていく。

息を呑《の》んだノーマンの隣で、エマも同じものを目撃した。

「誰かいる⁉」

「あのドレスだ」

すぐに追いかけたノーマンの横を、レイが抜き去る。

「そのまま追え。二階で挟み撃ちにしよう」

「わかった!」

レイの指示に、エマ達はその後ろ姿を追いかけた。廊下は奥の階段から二階へ上がれるようになっている。少女の位置からでは、行ける場所はもうその階段しかない。果たして少女の姿は二階へ消えていく。

ノーマンはエマと二階へ駆け上がった。レイも同時に玄関横の階段を上がっていく。

二階の廊下には寝支度《ねじたく》を始めている兄弟達がいるはずだ。もし自分達から逃げても、誰の目にも留《と》まらないのは不可能だ。ノーマンは最後の一段を上がって素早く廊下を見た。パジャマ姿のナイラとマルクが、絵本を持って何か楽しそうに喋《しゃべ》っていた。二人の向こう、玄関横の階段側からレイが姿を現す。レイは軽く目を見開くと、ノーマンに向かって首を振った。

「二人とも、ここで女の子見なかった？」

ノーマンの問いに、ナイラ達はきょとんとした顔で首を振った。

「ううん、見てない」

「女の子って？　誰のこと？」

エマが戸惑《とまど》った顔でノーマンの方を振り返った。ノーマンは思案するように少しうつむき思案する。

(ナイラもマルクも、嘘をついている顔じゃない……)

あんな目立つ服を着て階段から飛び出してきたら、ここに立っていた二人が気づかないはずがない。あの〝女の子〟は、二階に到着すると同時に、煙のように消えてしまった。

「どこ行ったんだろ？　図書室とか？」

奥の階段のすぐ横にある図書室の扉を、エマが引き開けた。三人は室内をあらためたが、誰の気配も痕跡もなかった。使われていない子供部屋や音楽室の方まで確かめたが、結果は同じだ。ノーマンは別の部屋の中に隠れる以前の問題が、解けないでいた。

（どこかに隠れるにしても、どうやってナイラ達に見られずに移動したんだろう？）

消灯時間が迫り、ノーマン達は捜索を諦《あきら》めてそれぞれの部屋へ分かれていった。


翌日、ノーマンは鐘の音《ね》が鳴ってからもすっきりと目覚められなかった。

昨夜の出来事を、夢の中でもずっと考えていた気分だ。

あの後、一度ベッドで横になってから、ノーマンは真夜中にもう一度ハウスの中を捜索した。だが〝女の子〟の存在を示す痕跡は見つけられなかった。

昨日の早起きと夜更《よふ》かしが祟《たた》り、さすがのノーマンも眠気に襲われる。階段を下りながらあくびをしたら、同じタイミングで隣からもあくびの声が聞こえてきた。

「ふぁわ、ノーマンおはよう」

「おはよ。ギルダも眠そうだね」

眼鏡《めがね》を押し上げて目をこするのは、エマと同室のギルダだ。もともと朝が強い方ではないが、それでも今日はいつにもまして眠そうだ。

「なんか疲れてるみたいだけど、大丈夫？」

「あはは、そんなことないよ」

軽く笑って受け答えしたギルダだが、その後でもこっそりあくびを噛《か》み殺《ころ》していた。

一階へ下りる。ふと思って、ノーマンは足を止めて尋ねた。

「ねぇ、昨日の夜、何か見たり聞いたりしなかった？」

「え？」

その問いかけに、ギルダも立ち止まった。ノーマンはギルダの目を見つめ、それから笑顔になって首を振った。

「いや、いいんだ。気にしないで」

「うん？　そう」

ギルダは不思議そうな顔をしながらも、食堂へ向かうべく、ノーマンの横を通り過ぎていく。その時、ノーマンの鼻に覚えのある香りが触れた。

（……この臭い……）

ふっと、通り過ぎるギルダから香ってきたのは、あの物置部屋で嗅いだ液体の臭いと、同じものだった。

食堂の外に〝女の子〟の姿を見てから、5日が過ぎた。

気づくとノーマンはいつも、窓の外や扉の隙間《すきま》に、珊瑚色のドレスを探していた。森で遊んでいてもハウスの方ばかり気になって、鬼ごっこも隠れんぼも、早々に見つかってしまう。

「ノーマン、大丈夫か……？」

井戸の手押しポンプに手をかけたままぼんやりしているノーマンに、レイが声をかけた。

「え？」

言われてようやく、水を汲むバケツはとっくに運ばれており、ハウスの裏手にいるのは自分とレイだけだと気がついた。

レイは壁にもたれかかって、洗濯に行こうとするノーマンを引き留めた。

「なんでそこまで、その〝女の子〟にこだわるんだよ」

「え？」

思いもよらないレイの質問に、ノーマンは固まった。レイは肩をすくめた。

「あれからずっと探してるだろ。ママの書斎や寝室まで忍び込むとか、相当だぞ」

レイに言われ、ノーマンは笑ってごまかそうとしたが、うまくいかなかった。

質問そのものにも驚いたが、それ以上に、できるだけ人目につかないように捜索していたのが、レイには全て気づかれていたことにノーマンは驚いた。

あの後、時間を見つけてはハウス内をひそかに捜索していた。ドレスの〝女の子〟もだが、あの謎のバケツの行方《ゆくえ》も気になっていた。隠れて探していたのは、誰が何を自分に対して隠しているのか、わからなかったからだ。

「バレてないと思ったのかよ。まぁ探してたこと自体は俺の他は気づいてないけど、お前の様子見てたらフィルでもおかしいって思うっつーの」

呆《あき》れたレイに、ノーマンは言《い》い募《つの》った。

「だって、そりゃ……ハウスに知らない女の子がいるんだよ？　探すでしょ」

「そりゃそうなんだけど、なんか切羽詰まってるっていうか、いてもたってもいられない感じだから……なぁ」

レイはにやりと口元を歪《ゆが》めた。意味ありげな視線をノーマンに向ける。

「ノーマンさ、その〝女の子〟のこと」

「いや、違うよ。僕は」

「まだ何も言ってねーし」

目に見えて狼狽《ろうばい》しているノーマンに、レイはからかうように言ってその場を立ち去った。

「はぁ……もう」

ノーマンは口を押さえた。危うく自分が口走りそうになった言葉を思い、内心冷や汗をかいた。溜息《ためいき》混じりに小さく呟く。

「……僕の好きな子は、違うよ」

そう思っているのに、自分でもおかしなほど、あのドレスの〝女の子〟が気になってい
た。それは自覚している。

ノーマンは頭を振って、浮かび上がるその姿を打ち消した。洗濯物を干す兄弟達の元へ
向かう。

「ノーマン、何やってんだよ!」

「ごめんごめん」

シーツを干していたドンに叱《しか》られ、ノーマンは笑って謝った。

絞《しぼ》られたシーツを広げながら、ノーマンは庭に出ている兄弟達を眺《なが》めた。

(あれは、誰が隠してるものなんだろう……)

ハウス内の捜索で〝女の子〟も〝バケツ〟も見つからなかったが、いくつか奇妙なもの
は出てきた。

一つ目は、オモチャ箱の底から出てきた、クリスマスツリーに使う小さいライトだ。ど
うしてこんなところにと思って引っ張り出すと、その先端には〝仕掛け〟がしてあった。

ライトの端に靴紐《くつひも》が結ばれ、その先にチェスの駒が結ばれていた。キングの駒だ。

二つ目は、厚紙で作ったコップだ。それとパチンコのオモチャがくっつけられているものが、何個か見つかった。紙コップの底をパチンコで打って、音を鳴らして遊べるようにしたのだろうか。

どちらも弟や妹達が工作で作ったものと思われたが、明確な意図がわからなかった。もしかしたら、自分以外の全員が〝女の子〟の正体を知っており、何かの準備をしているのではないかとノーマンは考えていた。

(でも、どうして僕に隠して……)

引き合わせたくない理由があるのか、それとも言えない理由があるのか。

(ママから口止めされているってことなのか)

ノーマンはレイが指摘したように、イザベラが離れている間を見計らって、書斎や寝室も探していた。だが、何も出てこなかった。徹底的に捜索するにしても、やはり個人の引き出しや棚を勝手に探すのは憚《はばか》られた。

(けどやっぱり、ギルダは何か関わってるんじゃないかな……)

ノーマンは、シャツをハンガーにかけているギルダを一瞥する。

もしかして、ギルダがあの〝女の子〟ではないかという仮説も、考えてみた。理由はわからないが、誰かが変装している、という可能性も考慮に入れていた。ギルダなら最初に目撃した時も、二度目の食堂の時も、そばにはいなかった。

（けど……）

ノーマンは一階廊下で追いかけた時の、〝女の子〟の背丈《せたけ》を覚えていた。廊下にはちょうど、手作りの『廊下は静かに《Silent Please》』のポスターが張ってあった。その高さと照らし合わせると、どうしてもギルダでは背が足りないのだ。

「……僕よりも、高いんだよな」

その身長の女子はハウスの中にはいない。やはり変装の仮説は捨てざるを得ないだろう。

だが見ず知らずの少女だったとしたら、あの夜ナイラ達が気づかなかった理由がわからない。少なくともあの二人は、自分に対して何かを隠している素振《そぶ》りは一切なかった。

そこまで考えた時、ノーマンの視野にその色が映った。はっとする。

細く開いたハウスの玄関から、誰かがこちらを見ていた。隙間から見えるのは、あの珊瑚色だ。ノーマンが気づいた瞬間、その姿は扉の向こうから離れた。

「待って！」

ノーマンは弾《はじ》かれたように、玄関に走った。

玄関の扉を開け、すぐその視界の端にドレスの裾《すそ》を捉《とら》える。階段だ。ノーマンは立ち止まることなくそのまま階段を駆け上がった。

「待って！　君は、誰なんだ⁉」

少女の姿は二階へ消える。ノーマンが同じく二階に到着するまでに10秒も経っていないはずだ。

少女が曲がった方を見て、ノーマンは息を呑む。

「ノーマン、どうしたの？」

そこには、エマとフィルがいた。フィルが持っているのは脱いだパジャマだ。洗濯前に出しそびれたようだ。息を切らしてノーマンは口走る。

「エマ？　そっちに」

聞くまでもなかった。エマが現れるより前に、廊下に面したどこかの部屋に入ったと考えるべきだ。

「っ、探そう」

ノーマンは急いで使われていない子供部屋を引き開けた。「あの〝女の子〟がいたの？」エマとフィルも探索に加わった。ノーマンは、最後に自分の部屋を開けて見渡した。ベッドの並んだ部屋は、当然人が隠れられるようなスペースはない。

「ノーマン、ここに隠れるのは難しくない？」

「うん。探してるのは、違うものなんだ」

「え？」

ノーマンは今朝自分が起きた部屋へと入っていく。何か変わっていることはないか、と目を走らせていくと、ベッドの陰に朝はなかった箱が置かれていることに気がついた。

正方形の、紙を貼った手作りの箱だ。サイズはそれなりに大きい。30センチ四方くらいはあるだろうか。

ノーマンはその箱に近づいた。箱の蓋に手をかける。

「あっ、ノーマン、こっちに」

後ろからエマが声をかけたが、ノーマンはかまわず箱を開けた。

「………！」

その中は、空っぽだった。

「……ない、か」

ノーマンは箱を置いて、立ち上がった。エマの隣で不思議そうにしていたフィルが、その手をくいっと引っ張る。

「エマ、これ洗濯しなきゃ」

「あっそうだよね。ごめんノーマン、フィルと下に行くね」

階下を指さしたエマに、ノーマンも頷いた。

「うん。僕も戻るよ」

今の一連の行動で、ノーマンにはわかったことがあった。だが肝心の〝証拠〟だけは、どうしても見つけられない。

どうやって、あれを――。

ノーマンは一階へ下りていくエマとフィルとを、じっと見つめた。


どうして〝彼女〟は時折自分の前に現れるのだろうか。ノーマンには疑問だった。最初の窓辺で目撃した時を除けば、食堂の外にいた時も玄関から見ていた時も、まるでいることに気づいてほしいような行動だ。

（……僕の注意を、わざと向けさせているみたいな……）

その晩、考えながら寝室へ向かっていたら、角を曲がったところで誰かにぶつかってしまった。

「ごめん」

ぶつかったのは、ドンだった。その手から床に何かが落ちる。

「あ、やべ！」

小さく叫んで、ドンは落とした絵本を慌てて拾った。表紙を内側にして抱《かか》えた仕草に、ノーマンは首を傾げる。

「ドン、何それ?」

「いや、ただの絵本だって。コニーに読み聞かせしてて、図書室へ返しに行くとこ」

「なんでただの絵本を隠すの?」

「え? いや、だってほら、こんなお姫様とか王子様とか出てくる絵本、俺が持ってたらダサいだろ」

ははははと笑って、ドンは逃げるように去っていった。

ノーマンは、一瞬のことだったがその背表紙の文字を読む時間はあった。ドンが図書室を出た後、こっそりと中に入る。絵本の棚の隅に、それはすぐに見つけることができた。慌てて戻したのだろう、それだけ斜めに押し込まれている。

本を引き出して、その表紙を見たノーマンは、瞠目《どうもく》した。

「これ……」

中のページをぱらぱらとめくる。どのページにも、知っている姿が描かれていた。

その絵本に載《の》っているお姫様は、窓から見た姿に髪型からドレスまでそっくりだった。

最初に少女の姿を目撃してから、10日が経った。ノーマンはハウスで起きている、不可解な事象を繋げていく。

屋根裏部屋にあった、いくつものバケツ、その中身。

全員が揃っている時間にそのバケツは消えた。足跡も消されている。

何かを隠しているエマとレイ。それにママも。

晴れた自由時間に、ハウスの中で何かしている10人の兄弟達。

眠たげなギルダからは、バケツの液体と同じ香りがしていた。

靴紐とチェスの駒とを結びつけた、ツリー用のライト。パチンコと紙のコップ。

そして、39人目の〝女の子〟。

ハウスにいるはずのない、珊瑚色のドレスをまとった少女。その姿は、絵本の中の登場人物にそっくりだった。

ノーマンの中で、ばらばらになっていたピースはほぼ繋がっていた。少なくともあの時の〝女の子〟が誰だったのかはわかった。ただ最後の一つだけが、はまらない。

（こんな大掛かりな隠しごとをする、その〝理由〟だけがわからない……）

物思いに沈みながら、夕食の支度をするために食堂に向かっていたノーマンは、シャツを引っ張られて呼び止められた。

「ねぇノーマン、かくれんぼしよ？」

振り返ると、シェリーが服の裾を摑《つか》んで見上げていた。ノーマンは苦笑した。

「でも、もう夕ご飯の時間になっちゃうよ?」

「一回だけ!」

「お家《うち》の中でやろー!」

集まってきた年少者達に取り囲まれ、ノーマンは観念した。

「わかったわかった。じゃあ一回やったら夕ご飯のお手伝いしてね?」

もう少し年上の兄弟だったら遊びの時間じゃないよとたしなめるところだが、年少の弟妹相手ではどうしても甘くなる。自分ならすぐに見つけられるだろうし、一度遊べば満足するだろうとノーマンは判断した。

「じゃ、数えるよ」

きゃっきゃと高い声を上げて、弟妹達が走っていく足音を聞く。

「いーち、にーい」

数を数える。ノーマンは数えながら、何か変だと思った。

「5、6」

数えるごとに、周りの音が消えていく。食堂から聞こえてきていた話し声も、食器の音も聞こえなくなる。掃除をする二階からの物音も止《や》んだ。

「9、10……」

ノーマンは壁から顔を持ち上げた。

ハウスの中は、突然真夜中になってしまったかのように、しんと静まり返っていた。

「みんな、隠れたの……？」

そんなわけがない。隠れんぼの話を聞いていたのは、あの場にいたシェリーやフィル達だけのはずだ。ノーマンは食堂へ向かった。

テーブルには食器もなく、誰もいなかった。

「え？」

ノーマンは踵を返した。足早にハウス内を見て回る。やりかけのまま、ホウキやバケツが廊下に置かれている。それを使っていた子供達の姿はない。二階へ上がる。

こうしていざ探そうとすると、ハウスは広い。

二階にも全く気配がなかった。トントン、と階段を下りる自分の足音が響く。一階に戻ったノーマンはそこで後ろから声をかけられた。

「ノーマン」

唐突に発せられた声に、弾《はじ》かれたように振り返る。

「ちょっと来てもらえる？」

廊下にぽつんと、イザベラが立っていた。ノーマンは思わず尋ねた。

「みんなは？」

「こっちよ」

イザベラはそのまま廊下を進み、食堂へ入った。誰もいない食堂のテーブルの横を進み、裏口の扉を開けた。外は真っ暗だ。

「こっちにいるわ」

「外に？　どうして？」

「出ればわかるわ」

イザベラは意味深《いみしん》に笑うだけで、それ以上を語らなかった。扉を開けたまま、ノーマンが外に出るのを待っている。

意を決してノーマンは、ゆっくりと外へ出た。光の届くぎりぎりまで、歩いていく。

その瞬間、バタンと音を立てて裏口の戸が閉まった。「え、ママ？」ノーマンが振り返る。そこにイザベラの姿はない。食堂から漏れ差していた光が遮《さえぎ》られ、窓からの明かりもすぐに消えた。辺《あた》りは完全な闇に包まれる。

「どういう――」

ことなんだと、ノーマンが口走りかけた途端、パッと辺りが明るくなった。それと同時に、四方から小気味良いクラッカーの音が響き渡った。

「ノーマン、11歳のお誕生日おめでとう〜!!」

驚いてノーマンは声のした方を振り返る。そこには、見たこともない様々な衣装を身にまとった、兄弟姉妹達が並んでいた。

「え、誕生、日……?」

繰り返すノーマンに、水色のワンピースを着たギルダが満面の笑《え》みを浮かべる。

「今日は3月21日、ノーマンの誕生日でしょ!」

ギルダに言われてようやく、ノーマンは今日の日付に思い至った。

このところずっとハウスの謎を追っていたせいで、日付の感覚を失っていた。あらためて周囲を見る。頭上に輝くのは、木の枝と屋根とを繋いだツリー用のライトだった。

そして色とりどりの衣装の中、一つの色が目を引きつける。

「あ……」

珊瑚色のドレスと、長い赤毛の髪の少女がそこにいた。

くるりと振り返って笑みを浮かべたその〝女の子〟は——他でもない、エマだった。

「びっくりした?」

「エマ……」

呆然としているノーマンに、エマは会心《かいしん》の笑みで自分を指さした。

「えへへ、あの〝女の子〟は、私だったんだよ」

こうしていつもの少年のような笑顔で笑えば、確かにエマに違いない。ノーマン自身、洗濯の時に現れた少女はエマ以外にありえないと推測もしていた。だがそれとは全く別の感覚で、ノーマンは自分の目が見ているものが信じられなかった。長い付け毛とドレスをまとうと、毎日一緒にいるエマではないように映った。

目の前に立つ、その女の子らしい姿から目が離せなくなる。

ノーマンの反応に気づかないまま、エマは普段身につけることのない、長いスカートの裾を無造作に持ち上げる。

「これね、ママに教えてもらいながら、ギルダと一緒に作ったんだ」

「ちょっ、エマ！」

焦《あせ》ったノーマンより先に、そばにいたギルダがその仕草をたしなめた。

「もう！　似合ってるのに、中身エマのままなんだから！」

「？」

ギルダは肩をすくめて首を振る。

「一緒に作ったって言っても、エマ下手《へた》くそなんだもん。最後は私が仕上げたのよ」

「あはは……頑張ったんだけどなぁ」

エマは頭を掻《か》く。腕を組んだギルダに、ノーマンは驚きの視線を向ける。

「すごいね。服作れるなんて知らなかった」

「最初はママに教えてもらって。採寸したり型紙に起こしたりするのは、ほとんどママがやってくれたの」

「ノーマンに見られないように、赤ちゃん達の世話をする時に教えてもらってたんだよ」

エマの言葉に、ノーマンは合点がいった。その時間《タイミング》なら男である自分が関知することはできない。

「色のついている布は染めたの？」

ドレスの色合いを見つめていたノーマンに、ギルダは眼鏡の奥で目を丸くした。

「うそ、やっぱりノーマン気づいてたの？」

「あの屋根裏の〝バケツ〟は染料が入っていたんだよね」

あの〝女の子〟に扮しているのがエマであるのなら、ドレスはイザベラによって持ち込まれたか、ハウスにあるもので作られたはずだ。もし作ったとしたなら、まず色のついた布が必要になる。そこまで考えた時、ノーマンはあの〝バケツ〟の液体の匂いが植物を煮出したような香りだったことに思い至ったのだ。

「朝ギルダからこの香りがしたのは、早朝に染めてたから？」

「えっ、香りしてた？　あーでもたぶん、消灯時間ぎりぎりまで縫ってた時は、衣装かぶって寝ちゃってたからだと思うな。染めてからもしばらく香りがするから」

ギルダの説明に、ノーマンは納得した。時間的に考えても、あの時には衣装の多くは完成していたはずだ。それから周りを見渡す。普段白の上下を着ている兄弟達が、今日はパステルカラーの衣装に身を包んでいる。

「みんなの分、作ったの？」

「ううん、全部、型紙から作ったわけじゃないの。着なくなった服を染めて、レースとかビーズの飾りをつけたり、模様を描いたりして作ったのが多いよ」

「それでも、大変だったでしょ」

賞賛を込めたノーマンの声に、ギルダは力を込めて答えた。

「すーっごい大変だった！　でもエマから、ノーマンびっくりさせたいって聞いたから、これくらいいやらなきゃって思って。それにいつもはできない特別なことだもん、すっごく楽しかった！」

心地良さそうに笑うギルダに、ノーマンは目を細めた。朝起きてきたギルダの様子を自分は怪しんだが、あれは実は今日のための衣装作りをしていたのだ。色々と知恵を絞って、これだけのものを用意してくれたのだろう。

ノーマンは、エマの肩を流れる髪に手を伸ばした。

「髪はどうなってるの？　それ、付け毛だよね？」

「うん。この髪はママがお人形作る材料を分けてくれたの」

でも……と、エマは後頭部のヘアピンを抜いた。ぶるぶるっと振ると、明るい色の付け毛が落ちてくる。

「あー邪魔っ！　これ、くすぐったくて！」

付け毛を外したエマに、「せっかく可愛かったのに～」とギルダが惜しがる。

「ノーマン見て。エマ、そっくりでしょ？」

服を引かれて振り向くと、そこには絵本を開くジェミマが立っていた。「その本……」

ドンが図書室に返していた絵本だった。隣に立つアンナがお姫様の挿絵《さしえ》を指さした。

「ドレスのデザインは、この絵本を元にしたの」

「なるほどね。確かにそっくりなわけだ」

頷いたノーマンの前で、ジェミマが笑顔で絵本のページをめくった。そこには冠《かんむり》をかぶった王子が描かれている。

「で、ノーマンの衣装も作ったの。王子様みたいなやつ！」

アンナが持っていた布を広げた。それは深い青色の、ジャケットとマントだった。

「ええっ？」

「そりゃそうだよ！　今日の主役だもの」

「着てみて着てみて！」

まごつきながらも言われるまま袖《そで》を通したノーマンに、作り手達は喝采《かっさい》する。

「わぁー素敵、やっぱり似合う！」

「レイなんてさ、あれでいいって言うんだよ」

「魔法使いっていうより、あれじゃ死神よね」

「ただの布じゃん」

衣装係の女子達に不評なのは、黒のローブ姿のレイだ。確かに黒の布に紐をつけただけ、とも言えなくない。本人は片耳をふさいでそれをあしらう。

「作《つく》り甲斐《がい》なくて悪かったな」

椅子《いす》から立ち上がったレイは、ポケットに手を突っ込んで辛辣《しんらつ》に言い放つ。

「だいたいノーマンにサプライズとか、俺は無茶だって最初に言ったんだよ。けどエマがみんなでグルになればできるとか言って聞かねーから」

「でもできたじゃん！　大成功！」

「……俺がどんだけフォローしたと思ってんだ。姿見られるとかクソ致命的なミスしやがって」

「ご、ごめんなひゃい」

レイがエマの両頬を引っ張り、悪態をつく。ノーマンがハウス中を探せば、屋根裏にギルダが置いていたバケツなどすぐ見つかってしまう。レイはテストの前にイザベラに染料を別の場所に移してもらうように頼んでいた。イザベラはバケツの痕跡も自分の足跡も消して、部屋を出た。

「最初にあったあの足跡は、やっぱりギルダだったのか」

ノーマンは明かされた情報から、すぐさま出来事を繋ぎ合わせていく。

「うんそう。染料のバケツもだけど、レイが衣装とか色々隠しておいてくれたんだよ」

ギルダの言葉に、ノーマンははっとする。

「そうだ。これだけのもの、探しても全然見つけられなかった。レイ、どこに隠してたの?」

本気で疑問に思っているらしいノーマンの顔に、レイはにやっと口の端で笑う。

「今までノーマンが探してない場所」

(まさか、ハウスの外や床板の下……?)

ノーマンはレイが本気で隠すとなったらそれくらいしそうだと、親友の評価を改めた。今回のサプライズは、確かにレイの助けなくしては成立しなかったかもしれない。ノーマンは顎に手をやる。

「で、レイが〝女の子〟の方に僕の目を向けさせるため、エマにもう一度姿を見せるように指示した……ってことか」

肯定の代わりに、レイは大きく肩で溜息《ためいき》をついた。

「もう二度とやらねーからな、こんな面倒なこと」

「えーじゃあ次の私の誕生日会はー？　やってくれないの？」

「自分で頼んだらサプライズにならねーだろ」

「そうだけど〜」

エマが不満そうに頬を膨《ふく》らませる。髪を取ってしまったので、首から上はいつものエマに戻っていた。ノーマンはくすっと笑う。

「僕にとってはすごくサプライズだったよ。今日までのみんなの行動も含めて、ね。まさか僕の誕生日会のためだったなんて」

「ノーマン、どうせ今日が自分の誕生日だって忘れてたろ」

去年も一昨年《おととし》もそうだったからな、とレイが呆れながら呟く。それから横目でノーマンを見て、にやりと笑った。

「それに、今日までずっと〝誰か〟が気になって、何も手につかなくなってたからな」

「あれは……！」

「え？　誰かって？」

きょとんと聞き返すエマに、ノーマンは慌ててレイを離れた場所まで引っ張っていく。

「レイ！　あれ、あえて意味深なことばっかり言ってたよね？　絶対楽しんでただろ！」

「いやー、すげーウケたわ。エマってわかってて聞いてると、危うく吹きそうになった」

悪びれることなく答えたレイに、ノーマンは赤くなった顔を押さえた。全くいい性格している。もし本当のエマに対しても同じ気持ちを抱《いだ》いていると知られたら、今度こそからかわれるだけでは済まないだろう。

「ノーマン！　こっちこっち、ここに座って」

いつの間にか、庭には食堂の椅子が並べられていた。マルクとナイラに手を引かれて、ノーマンは中央の椅子に座らされる。

「ノーマン、おめでとう〜！」

「おめれとぉ！」

4歳、3歳の弟妹達が持ってきたのは、金色の紙を貼った冠だ。ノーマンはそれを頭にかぶせられ破顔する。

「ありがとう。隠れんぼするって言って、みんなも協力してたんだね、すごい」

頭を撫でられて、シェリーは嬉しそうに飛び跳ねる。

「ノーマン、じゃあここで聴いててね」

シェリーはそう言って、ノーマンの前から離れる。

「みんな、準備できた？」

並べた席の前には、楽器を持った兄弟達が登場していた。ナットがアコーディオンを、並べた台の前にはコニーやクリスティがハンドベルを持って立っている。その中にシェリーも加わった。シンディはオモチャのバイオリンを構える。

「せーの」

ナットの合図で、誕生日の歌が始まった。

「ハッピバースデートゥーユー」

楽器を持っていない他の兄弟達が、みんなで歌をうたった。パステルカラーに染められたワンピースやスカート、リボン、それぞれ思い思いの衣装を身につけているので、本当に本の中で見る演奏会のようだ。

自由時間に隠れて練習していたのは、これだったのか。探っている間に演奏の準備をしているのは気づいたが、あの時にコニーが何を言いかけたのかだけは、わからなかった。

演奏を聴き、ノーマンはふっと吹き出した。

「……そっか。あれは、ベルの〝べ〟だったのか」

「ディーア、ノーマン！　ハァピバースデートゥーユー‼」

庭に響き渡った歌と音楽に、ノーマンは拍手を送った。

「みんな、すごかったよ」

演奏が成功して、ナット達はほっと胸を撫で下ろしていた。その笑顔を幸せそうに見ていたノーマンのそばに、二人の弟が駆け寄った。

「なぁノーマン見てくれた？　俺らのクラッカー！」

「これ、トーマとラニオンが作ったの？」

二人が手に持っているのは、ライトの点灯と同時に鳴ったクラッカーだ。カップの中にカラフルな色紙やリボンの切れ端を入れて、底をパチンコで打つと同時に音と中身が飛び散るように作ってあった。

ラニオンが頭上を指さす。

「ライトは、どうやったらつけられるかなってレイに相談したら、教えてくれたんだ」

木にはなんとか登って取りつけられるとしても、ハウスの屋根には窓から出入りできない以上、直接結びつけるのは不可能だ。暗闇の中で目を凝《こ》らせば、チェスの駒が屋根の縁《へり》に引っかかっている。下から投げて、ライトを木に渡したのだ。キングの駒だったのは、ある程度の重さが必要だったからだ。

「そういうことか」

謎が解け、ノーマンは大きく頷く。その表情を見て、トーマとラニオンは満足げだ。

「へへ、とうとうノーマンをびっくりさせられた！」

やったぜ、と二人はガッツポーズを作る。

「けど、エマにもびっくりさせられた！」

ノーマンの隣に座っているエマをトーマが指さす。ラニオンも大きく頷く。

「俺ら知ってたけど、一瞬エマってわかんなかったもんな」

「ドレスなんて絶対似合わないと思ってたけど」

弟達の感想に、エマは得意げだ。ドレスの裾を持ち上げて、屈託なく笑った。

「えへへ、でっしょー?」

「ま、黙ってればな」

「見た目だけ見た目だけ」

「おいこら！」

拳《こぶし》を固めたエマに、ほらな、と二人の弟は両手を上げて首を振った。

「レディースアーン、ジェントルマン！　これから俺が、魔法をお見せしましょう！」

突然会場に、ドンの芝居がかったセリフが響き渡った。

「あ、次はドンの出し物だ」

演奏していたスペースに、今度は白いクロスをかけた丸テーブルが置かれた。芝居がかった歩みで、トランプを持ったドンが登場する。赤い蝶ネクタイとシルクハットは、厚紙でできているようだった。

ノーマンはドンのいでたちに、目を丸くする。

「手品？」

「巧《うま》いんだよ、ドン」

隣でエマが、歯を見せて笑う。

怪しげなメロディを自分で口ずさみ、ドンはトランプを広げ、前に座っていたコニーを呼び寄せる。

「カードはあっという間に、はい！　消えてしまいました」

「えぇ～！　どこ行ったの？」

「ふふふ、それは～」

ドンはコニーの襟《えり》へ手を伸ばす。そして襟の間から、するりとカードを取り出した。

「じゃーん！」

「すごい！　私が選んだカードだ！　ドン、どうやったの？」

「魔法だよ、魔法」

みんなからの拍手に、ドンは得意満面、カードを切る。ノーマンには、ドンが袖《そで》にカードを隠して取り出したのだろうと仕掛けの予測はついたが、手際がいいのでよく見ていても、いつカードを出したのかはわからなかった。

「次は、この空の箱から〜」

ドンが取り出した箱に、ノーマンは既視感《きしかん》があった。

「あれ……あの箱」

ノーマンは自分の部屋に置かれていた箱であることに気がついた。ドンは、その中身が空っぽであることを見せてから蓋を閉め、ワンツースリーと唱え、箱に手を突っ込んだ。

中からは、ウサギのぬいぐるみが出てきた。

「あっリトルバーニー！」

「すごいすごい！」

「ふふん、イッツマジック！」

「それ、二重底になってんだろ」

「おいぃっレイ!!　何さらっと種明かししちゃってんだよ!」

コニーにリトルバーニーを返したドンは、レイの突っ込みに叫んだ。その隙《すき》にトーマとラニオンがテーブルに駆け寄り、箱を開けた。

「ほんとだー!」

「あーあ、バレた〜」

「でもカードはわかんなかったよ!」

「ドンって何気《なにげ》に器用だよね」

「じゃあもう一つ、トランプの手品を!」

大盛り上がりのマジックショーを見やりながら、ノーマンはあの時、何が起こっていたのか理解した。

「二重底の箱……って、そういうことか」

「うう、ノーマンやっぱ気づくの早い」

隣で、その箱を使ったエマが、苦笑《にがわら》いを浮かべた。ノーマンは顎に手を添える。

「エマがあの〝女の子〟だったってわかってから、そこがずっと疑問だったんだよ」

あの時、ドレス姿の〝女の子〟を追っていた自分の前に、エマが元の服に着替えて登場した、というのはわかる。だがそれには、ドレスを隠す場所が必要だ。元の白い服は下に着ていられただろうが、脱いだものは近くのどこかに隠さなくていけない。

ノーマンは、あの箱の中身を確かめて空だと思ったが、その底板の下に、実はエマが脱いだドレスは隠されていたのだ。

「探すなら空き部屋か俺らの部屋だと思ったけど、やっぱ自分の部屋も探したか」

エマの左隣から、レイが足を組んだまま呟く。どうやら箱の置き場所はレイの入れ知恵のようだ。

「けどそもそもノーマン、夜にドレスの〝女の子〟見つけた時には、もう俺らが一枚かんでるって思ってたろ」

ぶっちゃけたレイに対し、ノーマンもあっさりと首肯《しゅこう》した。

「うん。二階に追いかけて上がった時から」

「えぇっ⁉」

「だって、あれって、エマかレイ、もしくはどちらともが〝女の子〟の正体と協力してやってたら、挟み撃ちとか意味ないもん」

「だよなー」

「えー……」

一人ばれていないと思っていたエマは二人の親友を目を丸くして見比べる。

「けど、ドレスをどうやって隠したかだけは、わからなかったから」

「だろだろ！　俺のアイディア、びっくりしただろ？　ノーマン」

ステージを下りてきたドンが、ノーマンの肩を組んで自分を親指で指す。

「ちなみにあの夜の廊下に登場した〝女の子〟、あれも俺がやってましたー！」

「えええぇーっ⁉」

驚きの叫びは、ノーマンよりむしろエマの方が大きかった。

「私、その作戦ギルダがやるんだと思ってたけど⁉　あっどうりで背中の縫い目、ちぎれそうになってると思ったぁ‼」

「やだ、あれドンが着たせいだったの⁉」

思わず後ろの椅子に座っていたギルダも身を乗り出す。

「ああ、悪《わり》ぃ」

「最悪ノーマンに見つかった時に逃げきれるようにってチェンジした」

しれっと、ドンとレイとが答える。ノーマンは頷いた。

「そうか……ナイラとマルクが〝女の子〟を見ていないって言ったわけがわかったよ」

二人が見たのは、階段から上がってくる、女装したドンだったのだから。ノーマンは、ポスターと照らし合わせた身長の計算は合っていたのだ、と額を押さえたまま得心《とくしん》する。

「どうよ、俺の演技力。絵本まで読んで磨いた甲斐あるだろ?」

鼻高々のドンに対し、ノーマンとエマはどんよりと肩を落とした。

「……夜だったとは言え、自分の視力に自信持てなくなるよ」

「……私も」

色んな意味で見間違えたくなかった二人は顔を覆《おお》い、そんな二人をドンが底抜けに明るく笑い飛ばした。

「はい、ノーマン。僕からも」

膝のそばへやってきたフィルが、肩を落としているノーマンに手を差し出す。その手が持っているのは、タンポポの花束だ。あの日は一輪だけ咲いていた花も、いつの間にかすっかり咲き誇っていた。

「はは、ありがとうフィル」

ノーマンはその頭を撫でた。

「フィルにも、騙されちゃったな」

あの日、二階で〝早着替え〟をしたエマと一緒にいたフィルも、自分にばれないようにうまく隠していたのだ。「えへへ……」ハウス一の頭脳を持つ兄に褒《ほ》められ、フィルは誇らしげに笑い返した。

食堂の扉が開き、中に入っていたイザベラが外の子供達へ声をかけた。

「みんな、お皿を運んでちょうだい。今日はお外で食べましょう」

わぁっと歓声が上がる。食堂のテーブルに並んだものを、外へ持ってくる。丸テーブルを足して、その上に料理が並んだ。

「飾りつけ、ママと一緒にやったの」

「見て、ノーマンって書いてみたよ！」

普段のメニューを、いつもより大きな食器に飾りつけしていた。オムライスには、ケチャップでたどたどしいアルファベットや絵が並ぶ。

「みんな、ありがとう」

ノーマンは、手を引いて盛りつけを見せようとする弟妹達にお礼を言った。

「ノーマン」

名前を呼ばれて顔を向けると、イザベラが大きなケーキを持って立っていた。

「11歳のお誕生日、おめでとう」

うん、とノーマンは目を細めて頷く。毎年毎年、当たり前のようにママから、兄弟達から、祝われてきた。いつまでもずっとここで、言われ続ける言葉だと思っていたけれど。

（もう、僕も11歳なのか……）

「ありがとう、ママ」

そうしてその晩は、食堂の裏の庭に椅子やテーブルを並べ、みんなで夕食の時間を過ごした。頭上にはライトが渡され、きらきらした光が辺りをぼうっと浮かび上がらせる。細《こま》かな光の間を、月が上ってきて輝いていた。

なんだか不思議な光景だった。

ノーマンは少し離れた場所から、ハウスの兄弟達を眺めていた。みんな思い思いの色の服を着て、夜空の下、庭で遊んでいる。こんな時間に外にいるのも、外で食事をするのも特別で、今までの日常と繋がっているように思えなかった。

今この時が終われば、みんなまたいつもの服装に戻って、朝を迎えるのだ。

いつの間にかエマがやってきて、ノーマンの横に並んだ。

「ねぇノーマン、びっくりした？」

「？　うん」

あらためて聞かれて、ノーマンは不思議に思いながらも頷き返した。エマは、とっておきの内緒話を打ち明けるように、楽しげな笑顔を浮かべる。

「ノーマンの誕生日プレゼントは、今までにもらったことのないものにしようって思ってたんだ」

「え？」

聞き返したノーマンに、エマはグリーンの瞳を輝かせた。

「プレゼントは、〝びっくりすること〟だよ!!」

あれはまだ、3月になったばかりの頃だったはずだ。ノーマンの記憶に、丘でびっくり箱を開けたエマとの会話が蘇る。

『確かにノーマンがびっくりしてるところって、見たことないかも……』

（あの時に……？）

ノーマンをびっくりさせたい。そのために、こんな大掛かりな誕生日会を企画したのか。

「ははっ」

ノーマンは声を漏らして笑った。それからもう一度、はっきりとエマへ言った。

「うん、びっくりした。すっごく！」

「やったぁ」

エマは満足げに、もう一度笑った。

その姿はまだ、ドレスのままだ。ふとノーマンは想像する。もし――。

「ねぇ、もし」

ノーマンは、きらめく夜の庭へ、視線を向けた。

あの丘での会話には続きがあったはずだ。

「もしみんなが大人になったら、こんなふうに色んな服を着て、外で食事を囲んでたりしてるのかな？」

ノーマンの独《ひと》り言《ごと》のような問いかけに、エマはその風景を想像してみた。

「それって」

星が降るような光の下、エマの笑顔が輝く。

「すごく素敵だよね！」

ノーマンは、隣に立ったエマの姿を見つめる。

あの日、エマに『大人になったら、何になりたい？』と聞かれた時、ノーマンの頭には
エマと一緒にいる未来が浮かんだ。

エマのことは、ずっと小さい時からよく知っている。自分よりよっぽどわんぱくで男の子みたいだった。今だってエマは、そんな小さい頃と少しも変わらないと思っていたのに。

（いつの間に、こんな……）

ノーマンは元気なエマを好きになった。弟達にからかわれて怒り、泥だらけになって溌《はっ》剌《らつ》と笑うエマのことが好きだ。

けれどいつの間にか、こんなふうにドレスが似合う〝女の子〟になっていた。

もしも5年後、10年後のエマを見ることができたら――きっとこんな、魅力的な女性になっているのではないだろうか。

「エマ……僕は」

ん？　と首を傾げたエマに、ノーマンは微笑《ほほえ》んだまま首を振った。

「ううん、何でもない」

いつか、話すよ。続く言葉を打ち消したノーマンは、そう胸の中で誓った。

いつか。

大人になったエマと再会できた――その時には。

＊　＊　＊

ノーマンは手紙の最後に、その言葉を添えるべきかずっと迷っていた。

もう叶うことはないけれど、だからこそ言い残しておくべきなのかもしれない。逡巡《しゅんじゅん》し、ノーマンは目を閉じる。

あの夜の賑《にぎ》やかな光や音色《ねいろ》が、脳裏に浮かんだ。

11歳の誕生日を、エマがあんなふうに祝ってくれたのは、これがハウスでみんなと祝える最後の誕生日会になると心のどこかでわかっていたからだろう。

12歳までに里親のもとへ旅立つ。出荷《こんなかたち》とは夢にも思わなくても、あの頃からずっと別れは定められていた。

誕生日会までの日々を思い、ノーマンの顔は淡く苦笑を帯びる。

(今度は、この計画が、僕からの贈り物《サプライズ》だ……)

考えればあの時からエマは、兄弟達の力を信じることができていた。確かに全員が協力者では、自分も真相を見破ることはできなかった。もし、あの誕生日会の準備が、今こうしてレイと、そしてイザベラとを欺く練習になっていたのなら、皮肉だが何か運命めいたものを感じる。

崖の向こうへロープをかける作戦も、ライトの飾りつけから思いついたのだ。あれをもっと長い距離で行えば、崖の向こうへ渡ることもできるはずだと、対岸までの距離から、角度や重さを計算しておいた。それも手紙に記した。

レイの隠した〝奥の手〟も、今度は見つけることができた。

あの時はまだ嘘をつくのが下手だったエマも、今度はきっと完璧に周りを欺いてみせるだろう。

真実を知ったあの夜から、一瞬一瞬ごとに成長していくエマを見てきた。だから信じられる。

エマなら、この計画を必ず成功させてくれると。

自分もレイも諦めた〝全員《りそう》〟を、迷わず選んだエマだから。

「もう、時間だな……」

辺りは、暮れなずんだ色に染まっていた。ノーマンは手紙を置き、ゆっくりと立ち上がった。

耳にはずっと、二人の言葉が残響のように響いていた。

『お前が死ぬこたないんだよ』

『ノーマンは死なせない』

不思議と、その言葉がこの決意を固めさせた。言った二人は不本意だろうが。ノーマンは微笑んだ。

自分のために、迷わず危険に身を投じてくれる仲間がいることは、こんなにも頼もしく、誇らしく、幸せなことだった。

エマとレイと、一緒に生きてこられて良かった。

同時に強く強く思った。

まだ、生きたいと。

エマとレイとみんなと、もっと生きたかった。一緒にハウスを出て、外の世界を見て、そこに待ち受けるどんな困難もともに乗り越えていきたかった。

けれど、自分は選んだのだ。

エマが願い、レイが諦めた〝全員〟を。

これが自分の出した〝全員〟への答えだ。

『全員！　絶対生きてここを出よう』

右手にエマの、左手にレイの、繋いだその手の温かさを思い出す。ノーマンは両手をぎゅっと握《にぎ》り締《し》めた。

忘れない。最後の瞬間まで、この温《ぬく》もりがあれば、自分は毅《き》然《ぜん》と前を向いていられる。

（ありがとう。エマ、レイ）

僕の分まで、外の世界を――真実を見てきて。

人間の生きる場所を、作ってみせて。

この世界を変えるんだ。

生き抜いて、大人になって。

大丈夫。エマならできるよ。

どうかレイを、兄弟《みんな》を。

脱獄《あと》を頼む。


「エマ、君のことが、好きだったよ」

ノーマンはそれを、手紙に書くことはなかった。綴《つづ》り終えた画用紙を丁寧《ていねい》に折《お》り畳《たた》み、鍵型とペンとを入れておいた木の穴へ一緒に隠す。

その時、森の向こうから、集合を知らせる鐘の音が聞こえてきた。

夕暮れの空に、茜《あかね》に染まった雲が流れていく。

ノーマンは森を出て、目の前に広がる夕焼けにいっとき目を奪われた。

（ああ、良かった……）

ここで最後に見る夕焼けが、この色で本当に良かった。ノーマンはそのオレンジの輝きに顔を照らされながら微笑んだ。

ノーマンは、もう立ち止まることはなかった。静かに、ハウスへ向かって歩いていく。

いくつもの幸せな思い出に、その歩みを支えられて。

未公開《みこうかい》初期《しょき》デザイン画《が》

玄関《げんかん》

子供部屋《こどもべや》

※ 初期《しょき》デザイン画《が》なため、実際《じっさい》の設定《せってい》とは異《こと》なる場合《ばあい》があります。

食堂《しょくどう》

廊下《ろうか》

白井《しらい》カイウ

原作担当《げんさくたんとう》。2016年《ねん》「少年《しょうねん》ジャンプ＋《プラス》」読切作《よみきりさく》『ポピィの願《ねが》い』にて作画《さくが》・出水《でみず》先生《せんせい》と初《はつ》のコンビ作品《さくひん》を発表《はっぴょう》。同年《どうねん》8月《がつ》から『約束《やくそく》のネバーランド』を「週刊少《しゅうかんしょう》年《ねん》ジャンプ」にて連載中《れんさいちゅう》。

出水《でみず》ぽすか

作画担当《さくがたんとう》。「pixiv《ピクシブ》」にてイラストレーターとして人気《にんき》を博《はく》す一方《いっぽう》、児童漫画《じどうまんが》家《か》・装丁画家《そうていがか》など多方面《たほうめん》で活躍《かつやく》。2016年《ねん》8月《がつ》から『約束《やくそく》のネバーランド』を「週《しゅう》刊少年《かんしょうねん》ジャンプ」にて連載中《れんさいちゅう》。

七緒《ななお》

ジャンプ小説新人賞《しょうせつしんじんしょう》jNGP’12Spring《スプリング》特別賞《とくべつしょう》。『ぎんぎつね』『きょうは会社休《かいしゃやす》みます。』ノベライズを担当《たんとう》。

JUMP j BOOKS

■初出
約束のネバーランド〜ノーマンからの手紙〜　書き下ろし

約束のネバーランド
〜ノーマンからの手紙〜

2018年6月9日　第1刷発行
2021年4月6日　第16刷発行

著　者
白井カイウ　出水ぽすか　七緒

編　集
株式会社 集英社インターナショナル
〒101-8050 東京都千代田区一ツ橋2-5-10
TEL 03-5211-2632(代)

装　丁
石野竜生(Freiheit)

編集協力
藤原直人(STICK-OUT)

編集人
千葉佳余

発行者
北畠輝幸

発行所
株式会社 集英社
〒101-8050 東京都千代田区一ツ橋2-5-10
TEL [編集部] 03-3230-6297
[読者係] 03-3230-6080
[販売部] 03-3230-6393(書店専用)

印刷所
図書印刷株式会社

ホームページ　http://j-books.shueisha.co.jp/

Printed in Japan　　ISBN 978-4-08-703452-3 C0093